狼さんは、ふかふか？

IAN HATOMURA
鳩村衣杏

JN267609

CHOCOLAT BUNKO

ILLUSTRATION 宝井さき

CONTENTS

1

エレベーター出入口の敷居溝《しきいこう》に深紅《しんく》のスーツケースのキャスターを引っかけ、月島《つきしま》 暁《あきら》は舌打ちした。

「なんだよ、もう……！」

オフィスのフロアへと通じる廊下は薄暗く、ひと気はない。それゆえ、普段は口にしない苛立《いらだ》ちの独《ひと》り言《ごと》も大きくなる。

金曜日の午後十一時前、アパレルメーカー「トランスミュート」の社員はみな、退社していた。基本的に、九時以降の残業は社内規定で禁止されているからだ。もちろん、M《マーチャン》D《ダイザー》として働く暁も同じである。しかも、自社の縫製《ほうせい》工場があるベトナムへの出張から戻ったばかりだ。

そんな暁がオフィスの裏口で警備員に社員証を見せ、オフィスに立ち寄った理由――は、スマートホンを探すためである。

持っていないことに気づいたのは三日前の晩、羽田《はねだ》へ向かうモノレールの中だった。戻れば搭乗予定の飛行機に間に合わない。幸いにもタブレットは持っていたので、空港で海外仕様のスマートホンとWi‐fiをレンタルし、そのままベトナムへ飛んだ。数日ならば、これでしのげるだろうと思ったのだ。他社とのやりとりは、他のスタッフに頼めばいい。どのみち、身体《からだ》は日本にないのだから。

そんな状況でどうにか仕事を済ませ、羽田に到着したのが数時間前のこと。その足で戻りたかったのだが、出張中、連絡が取れずに気にかかっていたふたつの直営店に寄ってディスプレイを確認し、店のスタッフから販売や売上についての相談を受けた。それもMD歴七年のベテランの仕事の一環《いっかん》、と心得《こころえ》ている。

その後、腹が減ったので女性店長と食事を取りつつ、販売員の育成や育児休暇に対する愚痴《ぐち》を聞いているうちに、こんな時間になってしまった――というわけだ。

「う……？」

誰もいないはずのオフィスの廊下で人の気配を感じ、暁は一瞬、身をすくめた。

初めての国へ飛んで身振り手振りで現地の人間とコミュニケーションを図り、初めて見る食事を取ることは平気だ。テレビ番組や雑誌に自社の服を提供する関係で、大物芸能人や有名タレントと知りあう機会も多いが、緊張したこともない。「神経がマッチョ」とからかわれる暁だが、実は幽霊はちょっと怖い。

しかし、前方に清掃用の道具を積んだカートを発見し、安堵《あんど》する。清掃会社のスタッフがいるのだ。耳を澄すと、どこからかモーター音が聞こえてくる。掃除機をかけているらしい。

暁は止まった足を動かし、社員証でフロアのドアを開錠《かいじょう》した。どうせ誰もいないんだし……と邪魔《じゃま》なスーツケースとショルダーバッグはドアのそばに放置し、身ひとつで中へ入る。

辿りついたデスク周りにスマートホンは――なかった。これはわかっていた。手元にないことに気づいた時点で同僚に電話し、探してもらったのだ。その場で電話番号にかけてももらったが、着信音は聞こえなかったという。諦め切れずに、オフィスチェアの上、引き出しの中……デスク周辺を探すが、革製のカバーをまとうスマートホンの姿はない。イグアナのように床に這《は》いつくばって目を凝《こ》らしてみたが、ない。

やはり移動途中のどこかで落としたのかもしれない。とっとと警察へ行くべきか。

思案に暮れていると物音がした。ハッと視線を向けると、背の高い作業着姿の男がドアを開けていた。清掃員らしい。首から「トランスミュート」の社員証とは異なるパスを下げている。

相手も暁に気づき、軽く会釈《えしゃく》をして出ていこうとした。仕事をしていると思ったのだろう。

「……ああ、いいんです。続けてください」

暁は声を張った。

「すぐ出ていきますから」

男はうなずき、ドアを固定して清掃道具を積んだカートを押して入ってきた。

暁はふと、思った。清掃が週に何回行われているのか知らないが、ゴミと勘違いされて、清掃会社のスタッフが預かっている――ということはないだろうか。

「あの、ちょっと……」

暁は男に近づく。男は足を止めた。若い男だった。

二十代半ば……いや、後半かもしれない。どちらにせよ、三十一歳の暁からすれば下だ。青年で通る歳だろう。だが、背丈《せたけ》は暁よりもずっと上だった。モデル並みといっていい。髪はやや長めで、うなじの辺りで縛っていたが、精悍《せいかん》な顔つきによく似合っている。

何より暁の心をざわつかせたのは、その瞳《ひとみ》だった。金、青、グレー、白……と静かに乱反射しているように見えるのだ。夕食を共にした女性店長が身に着けていた、ラブラドライトという鉱石に似ている。オパールや貝殻《かいがら》の内側が虹色《にじいろ》に輝くのと同じで、イリデッセンスと呼ばれる効果なのだと彼女は教えてくれた。

青年の瞳にもイリデッセンスがあったが、ラブラドライトよりもずっと透明感に満ちていた。涼しげでありながら同時に淋しげで、暁は見惚《みほ》れずにいられなかった。

暁を惹《ひ》きつけるのは顔と瞳だけではない。肘《ひじ》まで袖《そで》をまくり上げた腕もだった。筋肉に満ち、筋張《すじば》っている。肩も広い。きっと胸も腹も腰も……その下も——。

女も男も、抱く側も抱かれる側もイケる暁はゾクゾクした。作業服に身を包んではいるが、とんでもなく魅惑的《みわくてき》だ。いや、作業服だからこそ、そう映るのかもしれない。よだれが出そうな獲物《えもの》だ。

若さという名の透明感を覆う野性。美という名の自由を束縛《そくばく》する装い。人はいつも、相《あい》反《はん》する要素に引き裂かれる存在に惹かれるものだ。

「何か……？」

黙って眺《なが》めている暁を不審に思ったのか、青年は声を発した。暁は我に返り、慌てて聞いた。

「いや、例えば落し物とか、そういうものを見つけたときは……どう扱っているのかなーと思って……」

そこまで言って、暁は自分の質問がいかにバカバカしいかを悟った。

セキュリティ上、紙くずひとつ、勝手に触れてはいけない契約になっているはずだ。そうでなければ、「ここにあるすべてが落し物」という言い分が通ってしまう。万が一、スマートホンがゴミ箱に落ちたとしても、そのまま廃棄《はいき》しているだろう。

「ああ、いや……なんでもない。スマートホンが見当たらなくて……」

この状況で、深夜に真面目に働いている青年に欲情したこと、色々と勘違いしたことが恥ずかしくなり、暁は言わずもがなの情報を披露《ひろう》する。

「何も取ったりしません」

青年は低い声で言った。非難めいたトーンはなく、教えられている文句をそのまま口にした感じだった。

「わかってる、そんなつもりじゃなかったんだ。ただ、見当たらないから困っていて……すまない、気を悪くしたなら謝るよ」

暁は笑顔を見せたが、青年の表情は特に変わらない。ただ、鼻がひくひくと動いただけだった。

「仕事の邪魔だな、もう帰るよ。変なこと聞いて悪かっ──」

言葉が終わる前に、青年は唐突《とうとつ》に顔を近づけてきた。正確には左の耳の辺りだ。ほんの一瞬のことだったので、青年の顔が離れてからドギマギする。

「え？」

そんなアプローチは嫌いじゃないし、人のいない深夜のオフィスという、今どきAVでも使わないシチュエーションも新鮮といえば新鮮だが、何が望みなんだ……などと甘く不埒《ふらち》な幻想に包まれた質問を投げかけるより先に、青年はすっと背を伸ばし、首を回した。犬が何かの気配に首を動かし、遠くの様子をうかがうのに似ている。

青年は黙って、その方向へ歩き出した。何が起きているのかよくわからないまま、暁はつないだリードに引っ張られるように青年に続く。

身体が大きい割には、青年は足音をさせずに歩いていく。フロアには消音カーペットが採用されているが、メタボが気になるというおじさんたちが歩くとドスドス……と重い足音がする。筋肉と脂肪《しぼう》の違いか、あるいは青年が敏捷《びんしょう》なのか。

青年はフロアの中央にあるコピー機で足を止めた――かと思うと、ふっと姿を消した。しかしそれは暁の誤解で、床に屈み込んだのだった。あまりに素早《すばや》かったので、暁は飛び上がるほど驚いてしまった。

「うわっ？」

しかし数秒後、さらに驚くべき事態が待っていた。立ち上がった青年の手に、赤い長方形のものが握られていたからだ。

「え……えええ！」

青年が差し出したダークレッドのそれは、確かに暁のスマートホンカバーだった。中身のスマホ以上に失くしたくなかったのが、このカバーだ。皮製品で有名なブランドに作らせた特注品である。

暁が好んで赤を持ち物に使うのは、名前の「暁」が持つイメージにちなむ。女の子みたいと言われても、幼い頃から好きな色だった。

赤は、温かさや愛情という生命力の象徴《しょうちょう》であると同時に一種の攻撃性を孕《はら》んでいる。燃え盛る太陽、流れる血の色……など、喚起《かんき》する刺激が強いのだ。「フェロモン的な役割を果たす色」という解釈をしている精神科医もいるらしい。

たった一色で強烈なインパクトを与える分、大人の場合、身体の大部分を覆うファッションに多用するには、白や黒以上に神経を使う。自分に自信がなければ使いこなせない色だ。しかし小物に用いたり、少しだけ取り入れればアクセントになる。

暁にとって自然な流れだった。今では同僚や知人、友人の間でトレードマークとして認知され、プレゼントやお土産《みやげ》にも赤をあしらったものをよく贈られる。今日もラフ過ぎないジャケットとパンツの組み合わせだが、パンツの裾を少し折り返し、赤のラインが入ったソックスをのぞかせてみた。

さてその赤い革のカバーを開くと、そこにはちゃんとスマートホンがあった。電話をかけても見つからなかったはずだ。デスクから離れているので、着信音が聞こえなかったのだろう。

「あ、ありがとう！　よかった！　助かったよ！　あー、よかった……どうしようかと思ってたんだ、ありがとう」

暁は青年に向かって何度も礼を言う。喜びと下心から、抱きつきたかった。

しかし、青年は無表情だった。照れているのか、あるいは、この歳の若者にありがちな無感動のせいなのか。

「でも……どうして、ここにあるってわかったの？」

喜びと安堵が治まると、暁の中に疑問が浮かび上がった。

思い返せば、空港へ向かうべく社を出る前に資料のコピーを取り、それをここから取引先へFAXした。送り先のFAX番号を確認するためにスマートホンが必要だったのだが、何気なくそばのキャビネットの上に置いたか、落としたのだろう。そんなことは暁自身、今の今まですっかり忘れていたというのに——。

「も、もしかして……君、エスパーとか？」

言葉に詰まりながら、青年の手と顔を交互に見る。どこにあったかということ以上に、なぜここにあることがわかったのか、そちらのほうが衝撃だった。

青年は首を傾《かし》げた。無表情だった顔に、不思議そうな色が浮かぶ。

「エス……何ですか？」

「いや、あの、超能力とか、そういう能力があるのかと思って……千里眼《せんりがん》とか……」

言ってしまってから、妙に恥ずかしくなった。「世界の超常現象」を取り扱ったテレビ番組、あるいは映画の観過ぎだ！と自分で突っ込みたくなる。だが、他に理由らしい理由が見つからなかった。逆にこれがフィクションのミステリーやサスペンスなら、この青年が隠した……という展開もありかもしれないが。

「そういうのは知りません。匂《にお》いでわかったんです」

「……匂い？」

匂い――超能力とは真逆《まぎゃく》の科学的な回答に、暁はぽかんとした。しかし、青年はまた無表情に戻っている。からかっているのか。あるいは逆に本気なのか。顔を見る限り、後者のようだ。

「嗅覚《きゅうかく》が異常に鋭《するど》い、ってこと？　犬みたいに？」

「犬は知らないです。犬じゃないんで」

話が噛みあわない。

「そりゃそうだけど……僕の匂いでわかったってこと?」

青年はうなずく。

暁は思わず赤いカバーを顔に近づけた。使い慣れたコロンの香りが移ったのかとも思ったが、皮の香りしかしない。それに今日は飛行機に閉じ込められるので、コロンはつけていなかった。

「でも、警察犬みたいだったけど……」

フロアのドアが開く音がした。昼間は気にもならないが、人がいないせいかやけに大きく響く。視線を向けると、青年と同じ制服姿の初老の男性が入ってきた。

「あっ、テツ!」

男性は暁と青年を見つけるとそう叫び、小走りに近づいてきた。そして「何やってるんだ!」と一喝し、暁に向かって深々と頭を下げた。

「私、立川清掃《たちかわせいそう》の社長、立川と申します。お世話になっております」

口を挟む間を暁に与えず、立川と名乗った男性は名刺《めいし》を差し出して続けた。

「ご迷惑をおかけして申し訳ありません! まだ新人でして……ご意見は社員全員で共有し、今後の業務改善に——」

「え? ああ、いや、違う、違います。誤解です。彼は何もしていませんよ」

暁の言葉に、男性は薄くなった頭を上げた。

「は？」

テツと呼ばれた青年は立川の隣で、ちょっと困った目をしている。事態が飲み込めていないようだ。

「迷惑どころか、彼に助けてもらったんです」

今さっき起きたことを、暁は立川に簡単に説明する。

「はあ、それは……そうでしたか……」

立川は戸惑いを顔に浮かべた。

無理もない。暁自身、話しながらも自分の頭がどうかしたのではないかと思っているのだ。不思議について語りあうより、早々《そうそう》に退散したほうがよさそうである。

「とにかく……本当に助かりました。むしろ、仕事を邪魔しているのは僕のほうですね、すみません。これが見つかったので、帰ります」

暁の感謝の連発に、ようやく立川は笑顔になった。

「遅くまで、お疲れさまでございます」

「いえ……ええと、お名前は……」

好奇心を抑え切れず、暁は聞く。顔ばかり見ていたので、パスの名前まではっきり確認していなかったのだ。

青年は胸のパスを持ち上げ、自分の目で確認してから暁に向けた。

「……大上《おおがみ》です。大上哲狼《てつろう》」

「大上くん……」

暁は名刺入れを取り出し、立川と青年に名刺を渡した。もちろん、青年の連絡先ほしさからである。

「企画制作部の月島です。本当にありがとう」

哲狼は何も言わず、立川に視線を送った。困った様子はないが、どう反応していいのかわからないらしい。感情に乏《とぼ》しいように暁の目には映る。ガタイはいいが、中は今どきの若い子なのかもしれない。

立川は哲狼に対して小さくうなずき、暁に向かって頭を下げた。

「恐れ入ります」

哲狼もそれに倣《なら》う。しかし、名刺を出そうとしない。微妙な間が広がる。ちょうだい、と言うべきかなーと思っていると、立川が慌てて言った。

「ああ、失礼しました。名刺は作っている最中でして……」

「そうですか」

そんなやりとりを交わす横で、青年は両手で暁の名刺を持ち、凝視している。

「匂う？」

冗談《じょうだん》だったが、青年はうなずいた。暁は思わず笑ってしまった。

「名刺、出来上がったらくれるかな」

「はい、わかりました」

体躯《たいく》の逞《たくま》しさと野性味あふれる美貌《びぼう》、それとは裏腹な初々《ういうい》しさ、ナチュラルで謎《なぞ》めいた行動がなんともそそる。不思議《ふしぎ》な空気をまとってはいるが、障害があるわけではなさそうだ。立川がいなければ、間違いなく押し倒し――もとい、連絡先を聞き出していただろう。

とはいえ、このまま諦めるのは、あまりに惜《お》しい。

「彼はうちの担当なんですか？」

暁の問いに、立川はうなずいた。

「一応、そのつもりでおりますが、まだ研修中でして……あの、何か……？」

「また何か失くしたら、見つけてほしいなと思って。すごい特技ですよ」

冗談っぽく暁が言うと、立川はホッと息をついた。

「ビジネスにできるかもしれませんね」

「わが社だけでも十分《じゅうぶん》、需要《じゅよう》はあると思いますよ」

哲狼だけでなく、立川の人柄にも感じ入るものがあった。もっと話していたかったが、これ以上は本当に仕事の邪魔になる。

暁は立川と哲狼に別れを告げ、フロアを後にした。最後にそっと振り返ったとき、見事に引き締まった臀部《でんぶ》に目が釘《くぎ》づけになってしまった。


三十分後、タクシーのトランクから出したスーツケースを引き、暁は自宅があるマンションのエントランスにたどり着いた。強行スケジュールではなかったものの、スマートホンが見つかったという安堵もあったのか。エレベーターの中までは大丈夫《だいじょうぶ》だったのに、玄関のドアを閉めた途端、どっと疲れを感じた。

冷蔵庫からミネラルウォーターのペットボトルを出してひと口飲み、決めた——荷解きは明日に回し、今夜はもう寝てしまおうと。貴重品は、スーツケースのハンドルにセットしたキャリーオン仕様のブリーフケースに入っている。スーツケース内に腐《くさ》る物はない。どうせ洗濯は明日だ。

暁は上着やパンツはダイニングのイスの背もたれにかけた。ひとり暮らしの気楽さで、歩きながらシャツや下着を脱ぎ、洗濯機へ放り込む。ふとスマホのことを思い出し、素《す》っ裸《ぱだか》で寝室へ行って充電器につないだ。そのまま洗面室へ向かい、歯を磨く。それが済むと棚から取ったフェイスタオルをドアに引っかけ、ようやくバスルームへ飛び込んだ。

シャワーの熱い湯で汗や埃《ほこり》を流し、泡立《あわだ》てたボディソープを顔、身体、そして髪にも塗りたくる。ゆったりと湯船に浸かるのも好きだが、とにかく早くベッドにもぐり込みたかった。暁にとって極上の癒《いや》しは、いつだってそこにあるのだ。

慌ただしく全身の汚れを落としてバスマットの上に立った暁は、フェイスタオルを濡れた皮膚《ひふ》に押し当てた。手早く全身、髪からしたたる水滴《すいてき》を拭《ぬぐ》う。それからバスタオルを手にして広げ、身体にまとった。もうずっと、この順番を守っている。

「はー……」

パイル地の感触に恍惚《こうこつ》となり、ため息を漏《も》らした。いきなりバスタオルを使わず、先にフェイスタオルで身体を拭くのは、この瞬間のためだ。

「やっぱ……最高……」

暁は二種類のタオルを使い分けている。キッチンやトイレなどの手拭い用と身体用だ。前者は、そこそこ耐久性のあるもの。後者は、「真北繊維《まきたせんい》」という会社の製品だ。故郷にある小さなタオルメーカーで、地元民なら誰もが知っている。特に主力製品の「ＦＵＣＡＦ

UCA」シリーズは、赤ん坊や子どものいる家庭には必ずあると言われているが、全国的な知名度はかなり低い。

そんな「FUCAFUCA」は、物心つく頃から暁にとってなくてはならない存在だった。スヌーピーでおなじみの漫画『ピーナッツ』に登場するライナス少年の毛布よろしく、高校に入るまでは精神安定剤の役割を果たしてくれた。もちろん、今使っているフェイスタオルもバスタオルも「FUCAFUCA」だ。

しかし、暁にとっては愛用品という括《くく》りでは語れない。アパレル業界に興味を持つようになったのは、地方の町の小さな洋品店に生まれたことと「FUCAFUCA」との出会いがきっかけといっても過言《かごん》ではない。二十年以上の長きに渡って身体と心を癒し、様々《さまざま》な涙や汗を受け止め続けてくれている。ここまで来るともう物ではなく、人生を支えてくれる相棒《あいぼう》だ。

暁は「FUCAFUCA」を羽織《はお》ったまま、いそいそと寝室へ向かった。タオルをハンガーにかけると、裸のままでベッドの上のタオルケットにもぐり込む。いや、身を包む。もちろんタオルケットも「FUCAFUCA」シリーズだ。

「ああ……」

もぞもぞと動き、暁は二度目のため息を漏らした。全身がパイルの感触に喜び、心が満たされていく。下手なセックスや酒よりもいいと感じる時もある。

　今日は裸のままだが、バスローブやパジャマも持っている。商品ではなく、会社にかけあって作ってもらった特注品だ。シーツ、枕カバーも……である。洗い替えも含めるとかなりの金額になったが、車にかけるよりは安い。

　暁は流行やトレンドを見極め、先のシーズンに合わせたコンセプトを提案しつつ、ブランドの基礎力を強める戦略を打ち出していくＭＤとして、社内外で認められてきた。もともとはスタイリスト志望だったのだが、生産のすべてに関わりたくなり、ＭＤに進路を変えた。今は店舗やインターネットでの「見せ方」のほうが反応も速く、情報の共有化もしやすいため、コンセプトの視覚化をしたＶＭＤ《ヴィジュアルマーチャンダイジング》の需要も増えており、暁もほぼ兼任している。

　だが、職種に関係なく、とにかく何にでも興味がある、という性格は強みだった。コミュニケーション能力とセンスの良さで人脈を広げ、そこから様々な情報をキャッチした。今やアパレル業界と密接な関係にある出版業界や芸能界にも友人、知人は多い。誕生パーティや番組の打ち上げに呼んでくれるセレブ、個人的なスタイリングを頼んでくるミュージシャン、一緒に旅行へ行くほど親しい俳優もいる。責任のあるプロジェクトを任され、店舗の店員らからも頼りにされ、同期入社の中でも年収は多いほうだ。

しかし、このフェティシズムにも近いタオル愛——厳密には「真北繊維」愛——を知っている人間は、鬼籍《きせき》の父と生まれ故郷に暮らす母の亮子《りょうこ》、妹の夕衣《ゆい》ぐらいしかいない。親しい友人にも、これまでつきあった相手にも秘密にしている。仕事絡みの誰にも言えるはずがない——ふかふかなタオルに包まれて、うっとりしているなんて。

もっと高いタオルは世の中にいくらでもあるが、「真北繊維」のパイル地は質が違う。綿《めん》花《か》の種類だけでなく、独自の紡績方法、織り方にもこだわっている。

一般的に、柔らかな使用感を重視するには撚《よ》りが少なく、細めの糸を使う。逆に撚りが多めの糸を使うと耐久性は上がるが、ふかふかとした肌触りは減る。業務用のタオルなどは主に撚りを多めにしているのだ。

水分吸収量も、タオルを選ぶ上での大きなポイントになるだろう。繊維の量を増やして目が詰まるようにしっかり織り、分厚くすれば吸水量は多くなるが、その分、乾きにくくなり、雑菌《ざっきん》の繁殖《はんしょく》も気になる。おまけに重量感もある。といって、速乾性《そっかんせい》を優先すると生地は薄く、肌触りを損《そこ》ねがちだ。

タオルに興味を持ち始めてから、暁は様々なシチュエーションで比べてみた。同じ家の中で使う場所、使う人間、季節で適したものは変わってくる。またホテルか温泉旅館かでも違うことに気づいた。差があって当たり前だとも思った。

ところが「真北繊維」のパイル地は、柔らかさと適度なハリ感のバランスが絶妙だった。もちろん、すべてのシチュエーションを網羅《もうら》するのは不可能なので、用途別の商品が用意されているし、価格も異なる。それでも、どの商品の質も他社と比べて群を抜いていた。何しろ「柔軟剤《じゅうなんざい》は使わないでください。」が売り文句になっているほどなのだ。

暁も柔軟剤を使って洗ってみたが、確かに仕上がりは変わらなかった。ちなみに撚りが少ない生地は繊維の絡みが緩いので、柔軟剤を使うことでさらに緩み、毛羽《けば》が出やすくなる。しかし、毛羽もあまり出なかった。同じならば、あえて柔軟剤を使う必要はない。

十代の頃は、恥ずかしさから隠していた。上京して様々な趣味嗜好《しこう》を持つ人々を知ってからは、つきあった相手に得意げに教えたこともある。自分の愛だけでなく、品質の素晴らしさを伝えたかったからだ。今から思えば、嗜好を通して自分自身を知ってほしかったのだろう。

だが、大抵は見下され、ひどく傷つくだけで終わった。それでも友人は欲しいし、好きな相手には嫌われたくない。そこで、人を招くときは予《あらかじ》め「真北繊維」のタオルをすべて片づけるようにした。暁なりの気配りである。

だが、仕事でもプライベートでも自信がついてくると面倒になり、恋人を滅多《めった》に部屋に呼ばなくなった。他人への気配りのために、自分にとって居心地のいい空間を変えるのはおかしい、と思い始めたのだ。

理解してもらおうと努力しない自分に問題がある、というのは暁もわかっている。しかし誰にだって、人に言えない秘密のひとつやふたつはある。下手に披露すれば、インターネットであっという間に拡散され、物笑いのネタにされる世の中だ。そんなことで、今の「やり手MD」という勝ち組のイメージを捨てる必要はない。

いつの日か、「真北繊維」のパイル地をメインに据えた起業――は無理だとしても、大きなプロジェクトを成功させたいという夢はあるが、それはまだぼんやりとしていて、確固《かっこ》としたイメージになっていない。どうせ理解されないなら、密《ひそ》かな愉《たの》しみとして守るほうがいい。

仕事にも恋愛にも攻めの姿勢を崩したくはない暁だが、これに関しては別だった。

ただ、こんな調子では家庭を持つことなど夢のまた夢だろう。妹が早々に所帯を持ち、子をもうけてくれたのは、母にとってせめてもの救いだ。

結婚はいいとして、恋人やパートナーはほしかった。

職業とコネクションの広さ、達者《たっしゃ》な口と見栄《みば》えのよさで男女問わず恋の相手には事欠《ことか》かないが、ここ数年、深いつきあいの仲まで進んだ人間はいない。棲む業界の動きがスピーディーで騒がしいだけに、ひとりの淋しさが応《こた》える日もある。

暁の脳裏に、オフィスで出会った青年の姿が浮かんだ。

（匂いでわかったんです）

可愛《かわい》かったな、あの子。野性的なのに、純朴《じゅんぼく》そうで……フェロモンまき散らしてたのは、そっちじゃないか。制服を脱がし、身体を見てみたい。絶対に逞しいはずだ。押し倒したい。そして、抱き締められたい——。

皮膚や筋肉の弾力を思い浮かべ、欲望が頭をもたげそうになる。パイル地に身を浸して淫らな遊戯《ゆうぎ》に耽《ふけ》ることもあるが、今夜は面倒だ。このままいい夢を見よう。

至福《しふく》の温もりに包まれ、暁は眠りに落ちた。

2

ベトナム出張から二週間後の月曜の朝。

暁が出勤すると、自席のパソコンのキーボードの下から小さな紙の端が覗いていた。メモが滑り込んだのかと指先で引っ張ってみたが、抜けない。しっかりキーボードの下に挟まっている。暁だけが気づくように、誰かがやったらしい。

取り出してみると、名刺だった。「(株)立川清掃」という社名と連絡先を従え、中央に「大上哲狼」という名前が記されている。脇に「この間はすみませんでした。大上」と書かれた小さな付箋《ふせん》が張ってあった。

あの子だ！と暁は胸の中で叫んだ。思わず、辺りを見回す。時間帯を考えればいるはずもないのに、姿を探してしまったのだ。

何が「すみません」なのか、まったくわからない。社長に注意されたときの気持ちをしたためたのか。だとすれば、この名刺を置くこと自体が「余計なこと」になりそうだが、そこまでは考えが及ばなかったのだろうか。あるいは、名刺がなかったことへの謝罪か。いろいろと妄想――もとい、疑問が浮かぶ。

メッセージとしてはまったく役割を果たしていない。しかし、だからこそ、暁は微笑《ほほえ》まずにいられなかった。文字にも表れている几帳面《きちょうめん》さと真逆のどこか抜けた感じが、あの青年の風情にしっくりくる。なんともいえないいじらしさがあるのだ。

「何をニヤニヤしてるんですか？」

声に視線を上げると、後輩の植田《うえだ》が立っていた。社名と同じ名のブランド「トランスミユート」のクリエイティブチームで一緒に働いている生産管理担当者だ。セリフとは裏腹に、植田のほうがニヤニヤしている。

「おはようございます」

「おはよう。いや……ちょっとな」

暁は名刺をシステム手帳に大切にしまった。

スマートホンがコピー機のそばで見つかった件は同僚に話した。しかし、哲狼との間の出来事は伝えていない。かなり面白いネタではあるが、哲狼の存在を心のオアシスにしておきたくて、黙っておいたのだ。

いずれにせよ、これで連絡手段が見つかった。いや、会社はわかっているので連絡しようと思えばできた。見つかったのは、連絡の口実だ。

よかった、と暁はほくそ笑む。ペラペラしゃべらず、秘密にしておいてよかった。

イスに座ると、暁は各店舗からパソコンに送られてきた秋物の先週の売り上げ、売れ筋商品などをチェックした。

「トランスミュート」はオリジナル衣料品や雑貨の製造と販売、ショップ経営を行っている。旗艦《きかん》店の他に百貨店やショッピングモールに多数出店。二十代から五十代の女性客がメインの購買層で、ライフスタイル別に二十近いブランドがある。長く支持を得ているブランドもあり、歳を重ねて上のブランドへシフトチェンジする客、母娘二代に渡る客も少なくない。

もちろん、テレビ番組や映画で使用されるだけでなく、実力派女性シンガーのライブへの提供なども行っている。東京で開催されるコレクションにも必ず参加し、ファンを公言する人気タレントも多い。名実共に人気のアパレルメーカーといっていいだろう。

暁は売り上げ報告のレポートを作りながら、午後は都内の百貨店にある店舗を回り、他ブランドの冬物に動きが出ているかどうか、探ってこようと決める。先週、ぐっと気温の下がる日があったので、試しにオフィス街に近い駅ビルの店にフライングで冬物をいくつか出してみたところ、「仕事帰りに買っていく客が意外に多かった」という店長のレポートが添えられていたのだ。年を追うごとに、アパレル業界は景気の変動と天候に振り回されるようになっている。

「そういえば……夜さ、清掃が入ってるだろ？」

唐突に、暁は植田に尋ねた。

「ああ、外部の……ええ」

「決まった曜日に入ってるのかな」

期待していなかったが、意外にも植田は答えを知っていた。

「火曜と金曜ですよ。同期の飲み会で、総務のヤツに聞いたことがあります」

「へえ、土日じゃないんだ」

「昔はそうだったらしいけど、今は残業対策で平日に入れてるみたいですよ」

「なるほど……経費削減もあるのかもな。土日に、わざわざ警備員を寄越《よこ》さなくて済むもんな」

左団扇《ひだりうちわ》でウハウハ……の業界など、今の日本にはない。アパレルも同じだ。

「どうして、そんな話を？」

ここでようやく植田は首を傾げた。

「うん？　いや、来季の春夏に、作業着っぽいデザインを入れたら面白いんじゃないかって話がな――」

「え、来たんですか？　マジですか？」

「あるわけねえだろ」

「なんだ、面白《おもしろ》そうなのに……好きなんすよねー、作業着。女の子が着ると可愛いじゃないですか、つなぎとか」

「じゃ、それっぽい服の企画案、出してみれば？」

「通りますかね？」

植田の顔がパッと明るくなった。

「んなわけねえだろ。全力で叩き潰《つぶ》す」

「ええ～」

「確かに女の子のつなぎ姿にはぐっとくるな。それは認める。でも、男のハードワークのイメージとのギャップがあるからだ。女の子用だけ出して売れるか？　サロペットがいいとこだろ」

「確かに……でも、ひどいですよ、期待させといて――」

「月島、植田。やるぞ」

植田の文句に、クリエイティブ・ディレクターであるベテランデザイナーの声が重なった。毎週月曜のランチタイムの前に、クリエイティブチームによるミーティングがあるのだ。

「はい」

会議室へ向かいながら、植田が小声でぼやいたのを暁は聞き逃さなかった。

「やっぱ、ニコズバだ……」

「ニコズバ？　なんだ、それ」

しまった、聞こえたか——という顔の植田を逃さず、問い詰める。渋々《しぶしぶ》ながら、植田は白状した。

「だから……月島さんのことですよ」

「はあ？　俺？」

一度観念してしまうとためらいがなくなったのか、植田はペラペラとしゃべり出す。

「イケメンでソフトな雰囲気なのに、本音と建前の使い分けが絶妙で、どこまでが裏でどこからが表かわからない。底が知れない感じがして、ツンデレじゃないよなって……みんなで飯食ってるときに、そんな話になって……」

お前もたいがい、率直だよ！というツッコミを暁は飲み込み、続きを待ってやる。

「そしたら能城《のしろ》さんが『にっこり笑ってズバッと斬るんだから、ツンデレの対極だ。ニコズバだな』って……」

「あの野郎……」

能城とは同期のデザイナーだ。違うブランドチームに所属しているが、仲はいい。

「今度、みっちり叩いてやる。ニコズバって、ネーミングセンスなさすぎだろ」

「え、そっちですか……」

植田は混乱の表情を浮かべる。暁はうなずきながら、会議室のドアを引いた。


「お、月島」

会議後に向かった社内食堂の入り口で、ばったり能城庸介《ようすけ》に会った。笑顔になったのは一瞬で、暁はすぐににらみつけた。

「お前……植田に聞いたぞ。なんだ、ニコズバって」

「ははは……ぴったしだろ！」

暁はシャツにニット、スリムなデニムとシンプルだが、能城はデザイナーだけあって、ラフで遊び心にあふれた格好だった。といっても奇抜《きばつ》なデザインを合わせているわけではなく、ほんの少しだけスパイスの効いたものを、色とサイズ感をずらすなどして、ハッと目を引くスタイルに仕上げているのだ。本人の身長や雰囲気にもよく似合っている。

「あ、そうだ……これから飯だろ？　ちょっと話があんだけど、一緒にいいか？」

能城が急に真面目な顔つきになった。

「いいよ。その前に、電話一本、入れときたいんだけど……」

暁はスマートホンを掲げる。

「わかった。じゃ、席取っとくわ」

メニューも能城に頼み、暁は入り口前に広がるスペースの端へ歩いていった。窓のほうを向き、システム手帳から哲狼の名刺を取り出した。清掃会社そのものは日中も稼働《かどう》しているだろうが、恐らくは夜勤が大半のスタッフがいつ出勤してくるのか、さっぱりわからない。ダメでもともと……と電話をかけてみることにしたのだ。

『はい、立川清掃でございます』

女性が電話に出た。暁は会社名と名前を名乗り、「大上哲狼」の名を告げる。女性が『お待ちください』と答えてくれたので、期待に顔が綻《ほころ》んだ。

『はい、大上です』

すぐに低い声が耳を打った。よし！とハートに気合を入れる。

「『トランスミュート』の月島です。覚えてる……かな？」

『はい』

「名刺、置いてくれたよね」

『……はい……』

戸惑いが伝わってくる。怒られる、と思ったのかもしれない。

「ありがとう。嬉しかったよ」

『……約束、したので』

二週間前の夜同様、たどたどしい口調だったが、安堵と喜びが伝わってくる。

「それで……スマホを見つけてもらったお礼をさせてもらいたくて、電話したんだ」

『お礼なんて……仕事ですし、役に立てたならそれで……』

「そう言わずに……食事でもどう？　匂いの話、面白いなと思ったし、仕事についてももっと聞きたいと思ったから」

セクシャルハラスメントと受け取られないよう、暁は慎重《しんちょう》に、しかし強気《つよき》で押す。

「清掃会社のスタッフに会うことなんて、滅多《めった》にない。でもよく考えたら、すごく世話になってるんだよね」

あのとき、哲狼は立川の指示に従って暁に応対していた。当然といえば当然だが、雇い主の顔色をうかがうというより、親の言動から何かを学ぼうとしているように暁には見えた。よって哲狼よりも立川を持ち上げ、仕事の話を出すほうが効果があるのではないか、と思ったのだ。

「だから、君ともっと話したいんだ」

数秒の後、哲狼は答えた。

『ちょっと待ってもらえますか？』

「もちろん」

保留の音楽が流れている間、暁は窓から空を眺める。立川に相談しにいったのなら、むしろ話は早い。立川なら、断れとは言わないはずだ。

『もしもし、お待たせしました』

「ああ、はい」

『あの……食事ですよね』

暁は二度目のよし！を胸で唱《とな》える。

「うん。目玉が出るほど高い店だと困るけど、好きなものでいいよ。行きたい店があるならそっちでも――」

『あります。土曜日の夜でもいいですか？』

なんてことだ、まさか初めてのデートなのに週末の夜を指定されるだなんて――と快哉《かいさい》を叫びたくなったが、恐らく哲狼の仕事の都合《つごう》だろう。

「もちろん！」

『じゃあ待ち合わせ場所、言ってもいいですか？』

「へ？　あ、ああ、ちょっと待って……」

暁は慌てて哲狼の言葉を録音する。

こんなにあっさりいくとは思わず、拍子抜けした。しかし、普通は先に決めるはずの具体的な日時がまだ決まっていない。「土曜の夜」と「場所」だけ決まり、他については「また連絡します」と言う。せっかくのチャンスを逃したくなかった暁は「待ってるよ」と通話を切った。

スキップ気分で社員食堂へ行くと、能城は隅のふたりがけのテーブルにいた。暁の塩サバ定食を前に、すでに自分のカツ丼を半分ほど平らげている。

「遅いから食ってた」

「ああ、いいよ。すまん」

「首尾《しゅび》よくいった？」

「え？」

能城の指摘に、暁はギクッとする。まさかバレて……いや、そんなはずはない。

「嬉しそうだからさ。売り上げ？」

「ああ、うん……まあね。上々《じょうじょう》」

まずは腹を満たそう、と暁も能城を追って定食を食べ始める。

「で、話って？」

能城は「食いながら聞いて」といつになく真面目な顔になった。

「結婚、決まったとか？」

「いや……俺、会社辞めるわ」

箸《はし》の間から茹《ゆ》でたブロッコリーが落ち、白米《はくまい》の上に乗った。

「……え？」

「辞めんの」

能城はしれっと言い切り、お茶をすする。

「何、それ……相談じゃない――のか？」

言ってることはわかるのだが、脳みそが処理できない。

「違う」

「お……お前、社食でそんな話すんなよ！」

ようやく衝撃を受け止めた暁は、ケンカ腰に返した。

「誰も聞いてないって。それに、もう決まったことだしな」

「決まった……決めたんじゃなくて、決まったのか？」

能城はうなずく。

「辞めてどうすんだ。自分のブランド、起ち上げるとか？」

「いや、よそへ行く」

首を横に振ると能城は前屈みになり、頭をぐっと前に出した。さすがにそれは声をひそめて言いたかったらしい。

「ああ……そうか」

転職先の社名を聞き、暁は能城が退職する理由を得心《とくしん》した。メンズファッションで定評のあるメーカーだったのだ。「トランスミュート」よりかなり小さいが、給料や待遇の問題ではない。

「トランスミュート」には紳士服のブランドがない。かつてはあったが軌道《きどう》に乗らず、あっさり撤退《てったい》したという。以来、レディースラインだけだ。

「女性服は嫌いじゃないし、お客さんに喜んでもらえるのは嬉しいよ。ありがたいことにファンもついてるしな」

能城の言葉に暁はうなずく。

「うん、人気あるよ、お前が作る服。俺も好きだ」

能城が手がけるのは十代から二十代前半向けの服だが、特にティーンの支持を多く得ていた。

「サンキュ。でもさ……自分が着たい服を作りたくなったんだよ。前から思ってたことなんだけどさ」

気持ちはわかる。業界内外でセンスがいいと言われる暁だが、着ている服は自社製品ではない。すべて他社の商品だ。

作っていないから仕方がないとわかっているが、奇妙な矛盾《むじゅん》に思考が止まることがある――俺のセンスはどこで磨《みが》かれ、どこで買ったものなんだ？と。男性社員のすべてが、一度は感じることだ。デザイナーなら、なおさらだろう。

「いいじゃないか。来てくれって言われてるんなら、向こうもお前の力を認めてるんだろ？　大事なことだよ、それは」

今の日本のファッション人気はハイエンドの海外ブランドか、手頃な価格のファストファッションという二極化になっている。極端な品質と価格の差の狭間で、日本が世界に誇る「高品質で適正価格」の商品が取り残される状況が進んでいる、という見方もある。ちょうどその狭間に位置する「トランスミュート」のブランドがハイエンドになるのは難しい。

大半のブランドは購買ターゲット層が設定されており、加齢とともに消費者は入れ替わっていく。学校と同じで、卒業していくからだ。

つまりトレンドを敏感にキャッチし、半歩先の展開をこまめに見せなければ、せっかく作った商品も売れない。そこは旬《しゅん》の野菜を売るのに似ている。在庫を次の時季まで持たせることは不可能なのだ。

「トランスミュート」はターゲットの年齢層を細かく分け、客の満足度を維持《いじ》してきたが、それも母体が大きいからできたことだった。ところが上層部はもっとリサーチをし、客の好みを細分化しろという。

言っていることはわかるが、それでは小規模メーカーが集まっているのと変わりがなくなる。結果的に個性が失われるだけでなく、リサーチや猛スピードで行われる商品の入れ替えにばかり時間を取られ、肝心の質がどんどん落ちていくのではないか……という危機感は社員の間に流れつつあった。

ハイエンドが素晴らしく、ファストファッションが低俗だというわけではない。どちらも求める人がいて、その理由が異なるというだけだ。活気がないよりは断然いい。ただ、薄利多売《はくりたばい》に走り、日本の物づくりの質が低下していくことへの恐れは「トランスミュート」

に限らず、多くの業界関係者が口にしている。

暁は経営者でもなければデザイナーでもないが、人の身体を包み、主張し、時に癒す服や生地が好きでアパレルに入った。そういう人々の情熱で回っているのが、この業界なのだとひしひしと感じる。

何をモチベーションにするかは、人それぞれだ。金を稼ぐだけ、仕事に夢は抱かないと割り切る人間もいるだろうが、それも立派なモチベーションだ。

能城が会社と業界に魅力を失い、デザイナーをやめると言ったなら、暁は引き止めただろう。だが、違う。情熱があるから、もっと頑張《がんば》りたいと願うから、他社へ行くのだ——ここではできないことを求めて。そこに暁は希望を見出した。

「期待してる」

「サンキュ」

能城はそう言って微笑んだが、少し淋しそうだ。

「『トランスミュート』にもメンズラインができないかなと思って、俺なりに働きかけてみたんだけど……難しそうだろ？」

「まあな、でも、先のことはわからない」

「起ち上げられる可能性があるなら、俺だって待ちたいさ。うちの会社、好きだしな。でも……実現する前に、自分自身がガス欠状態になるかもしれないと思って……それだけは避けたかったんだ」

ここから逃げるわけじゃない。キャリアを捨てるのでもない。自分の人生を選び直す分《ぶん》岐点《きてん》に、能城は入るのだ。

「いいじゃないか。そういうタイミングでチャンスに巡りあえて話がまとまったなら、正しい選択だ——と俺は思う」

暁は食事を再開する。

「さすが、ニコズバ」

「それはダサい」

「実は俺もそう思ってる」

ようやく、能城は声を上げて笑った。

自分が決めたことなら、誰かに理解してもらう必要はない。それでも、誰かに言ってほしいときがある——間違ってはいないと。

「ちぇー、俺にも夢があんだぜ？　いつかブランド起ち上げて、能城にデザインやってもらおうと思ってたのに……」

「お、どんなの？　出世する前に聞いといてやるわ」

「秘密だぞ」

「社食で言うな」

切り返され、暁はそっぽを向いた。

「……やっぱやめた」

「なんだよ、言えよ〜」

「パイル地のウェア」

笑い飛ばされ、ネタにされるつもりで言ってみる。

能城は何かを言いかけ、腕組みした。何か考え込んでいる。

これは暁からすれば予想外の反応だった。

秘密にしようがしまいが、パイル地オンリーのブランドなど、実現不可能だ。ルームウェアかリラクシングウェア、あるいは子供服の一部に入れるのがせいぜいだろうが、どれも今の「トランスミュート」にはなかった。ティーン向けブランドの夏服に混ぜ込んだこともあったが、通年で商売になるとは思えない。

「一貫《いっかん》したオーガニック路線なら行けるかもよ」

黙って考え込んでいた能城の口からこぼれ落ちたのは、嘲笑《ちょうしょう》ではなく現実的なアドバイスだった。暁はやや驚きつつ、答える。

「それは俺も考えた」

温暖化や環境破壊、エネルギー問題はもはや世界的な課題だ。人工的な物質が人体に及ぼす影響ももはや無視できない。手間や時間はかかっても、人間の営みに寄り添う衣類や製品……という観点から、オーガニックに対する支持はどんどん高まっている。

「でも、うちのカラーじゃないだろ。パイルは機能性重視で用途が限られる素材だから、どうしたってデザイン性に欠ける。商業ベースには無理だ」

「そこはテーマと見せ方……じゃないの？　ま、デザイナーの俺がMDのお前に偉そうに言うつもりはないけどさ」

「そんなことはない。形にするのはデザイナーだ」

「じゃあ、デザイナーから本気の一言」

「お、おう」

暁の中に緊張と期待が走る。

「新しい生地の開発からやってみるんだよ」

「え……」

いくらかかると思ってんだ、という反論は、もちろん能城も承知の上だろう。

「成功すれば、世界中のデザイナーやアパレルから声がかかる。それだけじゃない、生地を扱う商売すべてが取引相手になる」

黙り込んだ暁を見て、能城は笑った。

「『スター・ウォーズ』や『ガンダム』を観た子どもたちが宇宙開発に携わって、画面に登場したロボットや宇宙船を作ろうとしている時代なんだぜ？　夢はでかいほうがいい」

腕時計に目をやり、能城は立ち上がった。

「……ミーティングがあるから、そろそろ行くわ」

「え、おい、期待させるようなことだけ振っておいて逃げるなよ！」

「あれ……結構、本気なんだ——お前の夢って」

能城はニヤッと笑った。

恥ずかしくなり、暁は能城をにらむ。笑ってくれれば終わったのに、「本気の夢」になってしまった。

「いいじゃん。実現可能かどうか、ってところで止まってグダグダ言ってる限り、実現なんかしないし、時間の無駄だろ。実現させるにはどうしたらいいかを本気で話すほうが、面白い」

同じチームにいたことはない。だが、能城の目は語っていた——ずっとこうやって、俺たちはゼロを形にしてきただろうと。

「まあ……そうだな。どうせやるなら、今あるものを加工するんじゃなくて、新しい物を作るほうがいいな」

ロマンがあるし、商機もある。

「この続きは――」

「わかった。飲みながら、じっくり未来の作戦を練ろう」

暁も腰を上げた。

3

電車を降りて改札へ歩いていくと、ゲートの向こうに長身の男の姿が見えた。暁は嬉しくなり、小走りになる。

約束の時刻まで、まだ五分ある。店を予約したという話も聞いていない。つまり急ぐ必要はないのだが、思わず走ってしまったのだ。高校生かよ！というツッコミを自分に入れつつ、暁は改札を抜け、哲狼の前に立った。

「やあ」

「お世話になってます」

哲狼は頭を下げた。当然ながら作業着ではなく、白いオックスフォードシャツに薄手のグレーのVネックセーター、下はコットンパンツという服装だった。サイズも色のチョイスもぴったりである。

何度も妄想――もとい、想像の中で会っていた。しかし作業着の印象が強かったせいか、私服姿は新鮮《しんせん》だ。というより会うのは二度目なので、作業着以外の哲狼を知らないだけだが、年齢的にもっとラフな服を選びそうな気がしていたのだ。

悪くない、と暁は哲狼を眺めた。オーソドックスなアイテムばかりだが、作業着よりも大人びて見え、哲狼の魅力である精悍なフェロモンが色濃く感じられる。本当に美しい人間は、奇を衒《てら》わないスタイルのほうが、よりその美貌が際立つものなのだ。

一方の暁もTシャツにニット、ジャケットというシンプルな組み合わせだった。初めてのデートなので、軽すぎず、重すぎず……をテーマにした。それにジャケットと革靴さえあれば、どんな店でも問題ない。トレードマークの赤は、靴下のラインだけに留めた。

仕事も恋も「最初が肝心」だ。服装はその鍵《かぎ》を握っている。最初からカジュアルに落としすぎてしまうと、ドレスアップが難しくなる。人間関係と同じで、上がっているものを下げるのは簡単だが、意図的にしろそうでないにしろ、下がってしまったものを上げるのは困難なのだ。

ギャップ狙いというテクニックもあるが、それは偶然の産物だからこそ効果を発揮する。哲狼がいい例だが、成功したからいいものの、失敗したときのリカバリーは不可能に近い。

ドレスダウンはいつでもできる。焦る必要はないのだ。

「わざわざありがとうございます」

「いや……嬉しいよ」

鼻の下が伸びないように気遣いながら、暁は答えた。

「店は？」

「あっちです。道沿いに、しばらく行きます――」

哲狼が指定した待ち合わせ場所は、都内の高級住宅街として有名な駅だった。インターネットで周辺の店を検索してみたところ、駅周辺には二十四時間営業のチェーン店やファミリーレストランがあり、やや離れると中華、和食、イタリアンの名店が点在する。

哲狼が、あえてこの駅を選んだ理由があるはずだ。そう考えると、どこにでもあるリーズナブルな店へ行くとは考えにくい。かといって、知りあいのセレブが愛用しているような「桁《けた》がひとつ違う」店に入るとも思えない。

誘ったのは自分なので、もちろんおごるつもりできた。あまり値踏みするのもみっともないが、限度はある。

「いつも、そういう服装？」

まったく考えが読めない上、緊張しているのか、哲狼から積極的に話しかけてこないので、暁が尋ねた。

「……もうちょっと普通です」

哲狼は首を傾げた。

「もうちょっと普通？　……変な言い方ですね」

自分で言っておきながら、何か違和感を覚えたようだ。しかし、口を開いてくれるだけで嬉しいので、暁は気にしない。

「いや、わかるから大丈夫。でも、今日の服装は十分、普通だよ」

誉《ほ》めたつもりだったのだが、言葉が足りなかったらしい。哲狼は少しうつむいた。といっても暁より十センチほど長身なので、縮こまった印象はないが。

「あの……服とか、あまりよくわかってないんです」

「いい意味で言ったんだ。きちんとしてるって。似合ってるよ。ただ、会ったときは作業着だったから……」

哲狼は暁を見て、うなずいた。

「作業中だったんです」

「うん……そうだね」

言わずもがなのことを丁寧《ていねい》に返され、調子が狂う。だが、口調や表情から嫌味でないこともわかる。生真面目なのだ。人によっては面倒臭い、面白味がないと感じるかもしれないが、なぜか暁の中の好感度は下がらず、上がる一方だった。

「いつもはジーンズとかです。あと、Tシャツ」

「それが基準だから、それと比べると……ってことか。大上くん的には、普通より上、って感じかな？」

「そうです」

哲狼はこくんとうなずいた後で、またうつむいた。

「……すいません、俺……言葉が下手っていうか……」

「口下手ってこと？」

「口下手、口下手……」

会話が止まる。頭の中のコンピュータで検索しているようだ。

「それもあると思います。言葉が下手っていうのは、あの——あ、語彙《ごい》が少ないってことです」

「なるほど。でも、別に謝ることはないよ。俺だって自慢できるほど多くないし……ちゃんと伝わってるから。そっちのほうが大事だと思う」

お世辞《せじ》でもなければ、嘘も方便《ほうべん》でもない。本音だった。

「……よかった」

哲狼はつぶやき、ぎこちなく笑みを浮かべた。

「いろいろ、勉強中なんですけど……」

「資格試験があるとか？　それとも、大検とか？　その前に——歳はいくつ？　あ、俺は三十一」

どんどん興味が湧いて、暁は矢継《やつ》ぎ早《ばや》に疑問を投げかける。

「試験じゃありません。ちゃんと生きていくために勉強してます。歳は二十一です」

「え、二十一!?」

驚きの声が暁の口から出てしまった。

哲狼は逞しい体躯だが、男の場合、身体つきだけで年齢は測れない。もちろん、ある程度の年齢は推測できるだろうが、目視でわかりやすいのは首から上の骨格だ。二十五ぐらいから首、喉《のど》、顎《あご》から頬骨《ほおぼね》ががっしりとしてくる。顔つきが老けていようが、幼かろうが、関係ない。

そこへいくと、哲狼は身体つきだけでなく首から上も「大人の男」だった。態度こそやや未成熟に感じられるが、それでも二十三はいっているだろうと思っていたのだ。

「あの……変ですか？」

申し訳なさそうに哲狼が聞いた。

「もっと上か、もっと下じゃないと変ですか？」

奇妙な確認に暁は慌てて説明する。

「いや、もっと年上に見えただけだよ。俺が勝手にそう思って、勝手に驚いただけだ。君は悪くない」

ニコズバと揶揄《やゆ》される自分だが、優しさは持ち合わせてるんだぞ——そうひとりごち、暁は言った。

「君はきっと、何を着ても様になる。身長もあるし、ハンサムだからね」

「……ありがとうございます」

「アパレルのＭＤが言うんだから、信じていいぞ」

お世辞ではなかった。ただ、モデル向きではないと思う。美貌が際立ち過ぎて、服を殺してしまうのだ。そういう意味では、俳優なども役が限られそうだ。

「アパレル……」

「洋服を作ってる会社だよ。っていうか、知らずに掃除しにきてたの？」

「あ、あの……」

この短時間で何度も同じパターンをくり返され、暁にもわかってきた。理由はわからないが、どうやらあらゆることに自信がないらしい。勉強中というのも、そのためか。

「掃除は一生懸命《いっしょうけんめい》やってます。でも、仕事先の会社のことは、あまり知らなくていいと言われて……すいません」

「いや、そうだな。変に詳しいのもおかしいし、オフィスをきれいにしてくれればいいんだから、仕事まで知る必要ないよな。今のは俺が悪かった。俺だって君たちの仕事をよく知らないんだから……おあいこだな」

「あの、勉強します。アパレルとＭＤですね」

「うん」

「質問があります」

「いいよ」

初めて哲狼からボールを投げられ、こそばゆくなる。

「その……アパレルのＭＤの人は、赤いものを持つ決まりなんですか？」

「赤？　ああ、スーツケースとスマホのカバーが赤だったからか」

「今日も……靴下に赤い線が入ってるから」

暁は背筋がゾクッとした。赤いラインは靴とパンツの裾でほとんど隠れている。靴を脱いだとしても、近くで注意して足元を見た人間がようやく気づく程度なのだ。特に暁より背の高い哲狼の視界に入るとは思えない。

「え……ど、どうして……」

今度は暁が挙動不審《きょどうふしん》になる番だった。

「見えたんです」

「本当に、エスパー……じゃないの？」

深夜のオフィスでの会話がリピートされる。

「ああ、エスパー、調べました。超能力者じゃありません。ちゃんと目に見えたんです」

「いや、それが千里眼なんじゃ……だって、スマホは匂いで見つけたって言ったけど、色に匂いはないだろ？」

「そうです。鼻ではなく、目です。目に赤が映った」

哲狼は人差し指で瞳を示した。このまま続けても自分のほうがおかしい気がしてくるので、暁は超能力の話をやめた。代わりに赤の話をする。

「赤が好き……ってのもあるんだけど、名前が暁だから、赤をトレードマークみたいに思ってるんだ」

「暁……」

哲狼は口を開きかけ、スマートホンを取り出した。

「聞くばっかりじゃだめですね、調べます」

暁は微笑んだ。

「ああ、いいよ。暁はあかつき……夜明けって意味なんだ。正確には、まだ暗い時間帯のことらしいけどね」

太陽が昇り、徐々に明るくなることから「××になった暁には……」など、願いが叶うという意味あいでも使われる。

「夜明け……太陽で空が赤くなるからですか？　だから、赤が好き？」

「そう。強い色だから、あまり広い範囲で使うのはちょっと……と思ってね」

哲狼は嬉しそうな顔つきになって、言った。

「俺も好きになりました、赤が」

人によっては哲狼とのやりとりにイライラするだろうが、暁は違った。いくら外見が好みでも、その気持ちはそれほど長続きしない。他の誰もが「いい人」と太鼓判《たいこばん》を押しても、相性が悪い人間もいる。

なぜ、出会ったばかりの哲狼にここまで惹かれるのか。見下すわけではないが高学歴ではなさそうだし、人づきあいも不得手《ふえて》に感じられる。

だが、その謎《なぞ》が解けたような気がした。

気がつくと閑静《かんせい》な住宅街の奥にいた。いつの間にか駅周辺の騒音は遠くなり、静けさが満ちている。こんなところに店があるのだろうか。

「ここです」

哲狼が立ち止まったのは、数寄屋門《すきやもん》の前だった。ぐるりと取り囲む漆喰《しっくい》塗りの壁、アプローチの御影石《みかげいし》――個人宅でも豪華《ごうか》だが、料亭だとしたら懐石《かいせき》料理だろうか。店の案内も品書きも出ていない。品位を重んじ、雰囲気や佇《たたず》まいも楽しむ店なのかもしれない。

そういう店は初めてではないので、怯《ひる》んだりはしない。現金は多めに用意したし、クレジットカードもある。心配するな……と言い聞かせ、暁は壁のブラケットライトに目をやった。すぐ下に、店の名前を刻んだプレートがあった。

「立川……社長さんと同じ名前だな」

「社長の家です」

「……へ？」

暁のリアクションを無視し、哲狼は壁のインターホンを押す。聞こえてきた「はーい」という女性の明るい声に「戻りました」と告げ、戸を引いた。

「どうぞ」

哲狼は門のそばに立ち、暁を中へと勧める。

「え、ちょっと待って……食事するつもりで来たんだけど……」

「はい、ここで食事を」

「……どういうこと？」

やはり哲狼は、暁からの誘いを立川に伝えていた。それだけかと思いきや、立川から「じゃ、うちで食事を」という話になったというではないか。

「でも……俺が、君に、食事をごちそうするんだよ？　これじゃ、俺がごちそうされる側なんだけど……」

戸惑いつつ、暁は言った。しかも歓待するのは哲狼ではなく、哲狼の雇い主だ。

「はい、でも、社長がどうしてもと……」

そりゃそうなるだろう。自分と立川だったら、自分が雇い主の側になる。ただ、自宅まで招いてくれる意味がわからない。

「俺……じゃなかった、僕、ここに住まわせてもらってるんです。それで、あの……」

「……あー……そういうことか」

ようやく筋が通った。つまり雇用だけでなく、生活の面倒も見ているのだ。

あの晩のふたりの様子を思い出し、暁は妙に納得する。まるで親が子にするように、立川は哲狼を気遣っていた。

暁は覚悟を決めた。「ここに住まわせてもらってる」理由やいきさつを哲狼自身から聞き出そうとすれば、何時間もかかりそうだ。中で立川から聞いたほうが早い。

何より、ここまで来て帰れば失礼になる。門構えから奥の屋敷の雰囲気からして、立川清掃はかなり儲《もう》かっているようだ。ここで立川と懇意《こんい》になっておくことは、自分にとってマイナスではないだろう。

それに恋でも商売でも、先に親に気に入られるのは有効な手段である。「トランスミュート」の店舗で、暁はさんざん使ってきたのだ――「お母さんですか？　お若いですね！　姉妹かと思いました」攻撃を。

「わかったよ。じゃ……お邪魔しよう」

「はい」

心配そうだった哲狼は、安堵の表情を見せた。ちょっとはポイント稼げたかな、と下世《げせ》話《わ》な腹を抱えつつ、哲狼の案内に従う。

「いらっしゃいませ」

玄関には立川だけでなく、暁と同世代の男女、さらに未《み》就学《しゅうがく》と思《おぼ》しき小さな男女が待っていた。

「失礼します。すみません、まさかご自宅にお招きいただくとは……大上くんにご馳走《ちそう》するつもりがこんな……」

暁は頭を下げる。かなり儲かっている、という予想は、広々とした和風建築の玄関に入って確信に変わった。築年数はそう経《た》っていないだろう。玄関がこの広さなら、屋敷も推《お》して知るべしだ。夜なのではっきりとは見えないが、庭も広そうだった。

「いやいや、勝手なことをしたのはこちらですから……頭を上げてください」

立川が恐縮《きょうしゅく》する。

「わかっていれば、手土産のひとつでも持参したんですが――」

「いえいえ――」

こんなやりとりをさらに二度ほど重ね、暁は靴を脱いだ。一緒に出迎えてくれたのは立川の娘、美弥《みや》夫婦と孫の翔《しょう》五歳、沙綾《さあや》二歳だった。伴侶《はんりょ》はすでに亡く、娘婿《むすめむこ》の誠一《せいいち》は立川清掃の社員だという。

「さあ、どうぞ……奥の席へ」

和洋折衷《せっちゅう》の調度品に囲まれた瀟洒《しょうしゃ》なダイニングには、美弥が用意したという心づくしの大皿料理が並んでいた。ざっくばらんな家庭料理と料理研究家のホームパーティーの中間あたりの、とっつきやすいメニューに暁はホッとする。

「これは……どれも美味《おい》しそうですね」

「お口に合うといいんですけど……」

美弥は微笑む。髪型も化粧も服装も品がよく、いまどきのキャリアママという感じだ。

「お酒は何にしますか？　ビール、ワイン、日本酒……大抵のものはありますよ」

沙綾を片手に抱いた誠一が尋ねる。全体的に丸っこい体型のパパだが、その丸い身体と顔から人の好《よ》さがにじみ出ていた。

「じゃ、ビールをお願いします」

暁は言った。立川に薦められて、テーブルの上座に座る。

「テツは……遠い親戚の子なんです」

美弥たちが準備をしている間、立川ははす向かいの席に腰を下ろして、哲狼の話をし始めた。当の哲狼はというと、その長い脚にしがみついて離れない翔を抱き上げ、そばに立っている。

「近親者がいないので、今年に入ってからうちに同居させてます。働かせているのも、そういう理由でして……」

「なるほど」

「ひょんなきっかけから月島さんに誘っていただいて、なんと言いますか……私のほうが舞い上がってしまいましてね。と言いますのも、こちらに知りあいも友人もおりませんので、心配していたんです。まだ若いのに、つきあいが職場の同僚だけと言うのも……」

「確かに狭いですね」

「そうなんです。それが心配でして」

つまり心配されるほど、哲狼はこの一家に愛され、家族同然に暮らしているわけだ。

「で、せっかくなのでぜひ、月島さんをうちにお招きしたいと……余計なことはするなと娘にも止められたんですが……」

立川の脇を通りかかった美弥が、「すみません」と頭を下げた。

「いえ……そういうことでしたら、今夜はお言葉に甘えます」

暁は答えた。親公認で交際をスタートさせるような妙な気分だったが、これはこれでありかもしれない。

「翔、テツ兄ちゃんにはお客さんが来てるから、ジジんとこへおいで」

説明を終えた立川は哲狼から翔を受け取り、哲狼がはす向かいの席に座った。しかし立川の腕の中で、翔は哲狼のほうへ腕を伸ばしてもがく。

「やーん、翔ちゃん、テツ兄ちゃんがいい！　やだあ、ジジやだあ」

暁は思わず噴き出しそうになった。泣き出していないだけマシだが、気の毒なジジは苦笑している。哲狼も困り顔だ。

「抱っこしてあげれば？」

暁は哲狼に言った。

「いいんですか？」

幼児からすれば、暁は見知らぬ存在だ。哲狼も異分子《いぶんし》なのかもしれないが、家族として溶け込んでいる。

「僕のことなら、気にしなくていいよ」

哲狼は立ち上がり、翔を膝の上に載せた。

「テツ兄ちゃんが好き？」

暁は身を乗り出し、翔に聞いた。機嫌を直した翔は、恥ずかしそうにうなずく。哲狼も楽しそうで、大人げなくも、暁はちょっと嫉妬《しっと》する。

酒や飲み物が回り、乾杯して宴《うたげ》が始まった。料理はどれも美味しく、立川秘蔵の洋酒も遠慮《えんりょ》なく飲ませてもらった。ちなみに哲狼はずっとウーロン茶を飲んでいた。アルコールが駄目らしい。

哲狼のプロフィールを詳しく知りたかったが、ごちそうするつもりが逆に歓待《かんたい》されてしまったので、暁は積極的に清掃会社について質問し、アパレルメーカーの仕事や親しいタレントの話などを披露した。こんな風にアットホームなひとときも、たまにはいい。

しかし、二時間ほど経ったところで、子どもふたりはおやすみタイムのために美弥と退場。それを機に、立川が「テツの部屋でゆっくり話でも」と言い出した。なんだか見合いの場でよく聞く「あとは、若い人たちで」みたいだと思ったが、願ってもないので素直に従うことにした。

「え……ここ？」

哲狼が寝泊りしている部屋は、同じ敷地内の離れにあった。庭に面した縁側付きの十畳の和室がそれだ。

離れそのものは以前、立川の両親が使っていたという。風呂とトイレ、簡易キッチンも付いている。

「……いい部屋だね」

床の間には掛け軸と野花《のばな》が飾られており、飴色《あめいろ》の階段箪笥《たんす》、丸座卓、文机《ふづくえ》、飾り棚などが部屋を彩《いろど》る。両親が遺した家具を、そのまま借りているらしい。木の温もりが感じられるそれらは、哲狼の雰囲気に合っているように思えた。ベッドがないところを見ると、布団を使っているのだろう。

「どうぞ」

哲狼は座布団を出し、緑茶を淹《い》れてくれた。アルコールの酔いが抜け始めた身体には、しみじみと美味い。

「いい縁に恵まれたんだね」

暁の言葉に、哲狼はうなずいた。

「俺——あ、僕……」

「俺でいいよ」

「俺、事情があって、学校へ行ってないんです。親が死んで、祖父母《そふぼ》のところで育てられました。じいちゃんは元教師で、ばあちゃんは助産師だったから、読み書きや生活のことはひと通りできるけど、友達いないし、人づきあいの経験がなくて……」

「立川さんもそんなこと言ってたな」

スマートホンもメールも使えるが、あまり好きではない、と哲狼は説明した。ゲームより読書や運動が好きだとも。そのせいか、同世代の知りあいができてもなかなかコミュニケーションが図れないらしい。

「だから、あの……俺って変じゃないですか？」

「自分で変だと思ってる？」

「……よくわかりません。でも、バカとかビョーキとか言われたりします」

「え？　面と向かって？」

哲狼は首を横に振る。

「でも俺、耳がいいんで……聞こえちゃうんです」

鼻、目ときたら、もはや耳もいいだろうと素直に思える。

それはさておき。

「ひどいな……」

腹が立ち、暁は乱暴につぶやいた。つきあいが会社に限定されるとしたら、陰口《かげぐち》を叩いているのは同僚だ。

個性が強い人間は理解されにくい。平均的な情報や感覚からはみ出るものは「変」で片づけるほうが楽なのだ。だから言いたくなる気持ちもわからなくはない。だが、それが相手を傷つけるものであってはならない。

「それを言う人も、俺の前では親切だったりするから、よくわからなくて……」

日本の慣習、本音と建て前である。それを使い分けてこその世の中だ、と断ずるのは簡単だが、暁はなぜか言いたくなかった。哲狼に純真《じゅんしん》さを失ってほしくないという思いもあるが、淫《みだ》らな妄想を抱いてしまうお前がどの口で道徳を説くんだという自嘲もあった。

「気にするな。少なくとも俺は……君の味方だ」

情けないなと思いつつ、暁は曖昧《あいまい》に哲狼を勇気づけると立ち上がり、飾り棚に近づいた。中学と高校の教科書、百科事典、辞書、偉人の伝記、図鑑、絵本、ジュブナイルシリーズなどがぎっしり詰まっている。

「あー……これ、懐かしいなあ」

ジュブナイルの一冊を、暁は引っ張り出してページをめくる。

「俺も読んでた。面白いよな」

「……はい。もっと大人の本を読まなきゃって思うんですけど……」

「別にいいんじゃないかな。興味があることをとことん追求するのが、成長への一番の近道だと思う。どんなことも、必ず違う世界につながってるから」

「月島さんもそうでしたか？」

「うん。それに……」

本棚を見れば、その人がわかるという。この飾り棚の本は確かに大人っぽくない。二十一にもなってレベルが低いことを「バカ」という人間もいるだろう。しかし、ここには生真面目さとワクワク感と夢が詰まっていた。

「君は確かに変わってるけど、おかしくはないよ」

「違うんですか？」

哲狼が頭を上げた。

「違う。おかしいと思ったら、食事になんか誘わない。面白い、また会いたいと思ったからここまで来たんだ」

好意や興味のある相手に対して、探りを入れていくのは楽しい。無駄《むだ》に思える手間も遠回りも一興《いっきょう》だ。しかし新鮮なのは最初だけで、ときめきは店の入り口までしか続かない――ということはままある。

だが、哲狼は違った。彼は誠実なのだ。たどたどしく会話が止まってしまうのは、気持ちを正しく伝えようと懸命《けんめい》になるからだろう。誤解をそのまま見逃さず、こちらの問いに的確な言葉で答えようとする。そして、まっすぐに問いかける。

「面白い、また会いたい……今もそう思ってますか？」

正直に言ってほしい――澄んだ瞳が、そう懇願《こんがん》している。だから暁は正直に答えた。

「もちろん」

誰かに似ている、とずっと考えていた。思い出した。犬だ。

三十一年の人生の中で、ペットを飼ったことはない。縁日で釣った金魚を育てたぐらいだろうか。動物そのものにあまり興味が持てなかったし、洋装店を営んでいた母が抜け毛を嫌ったのだ。

唯一、親しむ機会があったのは、小学校の同級生の家にいた大型犬だ。

暁は彼に好かれていたのか、遊びにいくと大喜びで飛びつかれた。同級生の母親から「身体は大きいけどまだ子どもだから、嬉しくてはしゃいじゃうのよ」と教えられた。同じ家にいた別の犬――その犬の親――と比べてみると、大きさは同じぐらいでも行動や動作、目の輝きに違いがあった。しかし躾《しつけ》を教え込まれ、飼い主一家との信頼関係を築き、彼はあっと言う間に落ち着きを身につけた。

身体こそ大きいが、まだ世の中をよく知らない若い犬……そこに、哲狼の言動が重なる。鼻と目と耳が抜群《ばつぐん》にいいことも。

「じゃ……友達になってくれませんか？　いろいろ教えてほしいんです。俺も、俺にできることはします」

暁の胸は甘く鳴った。外見に惹かれて反応するような衝動的な感覚ではなく、血液がざわめき、皮膚が震えるようなときめきだ。

家族に歓迎され、友達になってほしいと言われ……しかも、十も歳が離れている。今はまだ、大人の恋は無理だろう。同性同士の恋愛、欲望を求めあう関係を受け入れるのも難しそうだ。だが、彼に教える代わりに教えられることも多いだろう。

それにもしかしたら……長いつきあいの中で成長すれば、意識や認識も変わってくるかもしれない。それを待つ楽しみもある。『マイ・フェア・レディ』や『プリティ・ウーマン』のように。

時間はかかるだろう。それでも構わない、と暁は思う。それほどに、彼は魅力的だ。

「喜んで」

暁の返答に、哲狼は満面の笑みを浮かべた。

4

「これ、プレゼント」

十一月も終わりの土曜の夜八時過ぎ。ダイニングで夕食を終え、哲狼の部屋がある離れに移った暁は畳《たたみ》の上に紙袋を置いた。懐かしい石油ストーブのおかげで、部屋はほどよい暖かさに満ちている。

立川家を初めて訪問してから、二ヵ月が過ぎた。今夜、この家にいるのは哲狼と客の暁だけだった。立川は友人らと温泉旅行へ出かけ、美弥たちは誠一の実家へ行っている。

哲狼以外の家族が全員、出払うことは滅多にないらしい。哲狼によれば、ここに世話になって初めてだという。少し前にそんな話を聞き、暁は「ふたりでゆっくり過ごさないか?」と提案したのだ。もちろん立川にはその旨《むね》を伝え、了承を得ている。

「のんびり楽しく過ごせるように」と美弥が用意してくれた食事を食べ、これから二次会だ。丸座卓の上には缶のハイボール、チーズやサラミ、ナッツなどのちょっとしたおつまみが乗っている。もっともハイボールは暁用で、哲狼は相変わらずお茶か、ミネラルウォーターなのだが。アルコールの味そのものは嫌いではないが、体質的に受けつけないという。アレルギーではないが、気分が悪くなるようだ。

「……なんですか？」

立ち上がり、庭側の廊下に面した障子《しょうじ》を閉め直していた哲狼は振り返った。

ふふん、と暁は笑う。

「見てごらん」

哲狼は座布団にあぐらをかくと、紙袋を引き寄せて中に入っているものを順に取り出した。ハードカバーの大型本、浅葱《あさぎ》色のパーカ、そしてビニール包装された「ＦＵＣＡＦＵＣＡ」のフェイスタオルだ。

「沢山《たくさん》ありますね。あ、これ……探してくれたんですか？」

「たまたま見つけたんだよ」

本は、哲狼が読みたがっていた絵本だ。世界的な絵本作家の代表作で、文章が一切ない。

しかし、いくら作家が有名でも、絵本の品揃えが多いところは限られている。哲狼も自分が知っている書店にはすべて足を運んだが、見つからなかったという。インターネットで買うのはあまり好きではないらしく、専門店へ行こうかなと漏らしていたので、暁も捜索を手伝ったのだ。そして……結局、ネット書店で購入した。

「ありがとうございます。お金、払います」

哲狼の顔に笑みが広がった。

「いいよ」

「でも……」

「テツの喜ぶ顔が見たかったんだ。見られたから、それで十分」

出会った頃はなかなか見られなかった笑顔だが、目にする機会が増えてきた。精悍な美貌の持ち主なだけに、微笑んでくれるとフェロモン量が倍増する。

それだけではない。笑ってくれるようになってから気づいたのだが、やや長めの鋭い犬《けん》歯《し》が唇の両端にあり、それがセクシーさに磨きをかけているのだ。

「暁さん……」

そう呼ばれるようになったのも、つい最近だ。テツと呼びたいから、名前で呼んでくれと頼んだのだ。気恥ずかしいのか、当初は遠慮していたが、今はためらうことなく呼んでくれる。

暁は忙しい仕事の合間を縫い、二ヵ月の間に何度もここへ足を運んだ。あの晩の様に招かれて、あるいは自分から進んで。今では駅からの道順だけでなく、周囲の店もすっかり覚えてしまった。

また立川や美弥夫婦だけでなく翔も沙綾も暁に慣れてくれた。一緒に遊ぶのはもちろん、時には暁の腕の中で昼寝をするほどだ。自分は子どもが苦手だと思っていた暁にとっても、意外な発見だった。

立川の頼みを受け入れる形で、哲狼を外へ連れ出すことも忘れていなかった。服を買いにいったり、映画を観たり……夜勤なので休みが合うときだけだが、暁の仕事帰りに飲みにいったりもした。相変わらず酒はほとんど飲めないが、居酒屋やバーの雰囲気は楽しんでいるようだ。

好きな食べ物は肉、チーズ、卵などのたんぱく質。甘い物と人の多いところは苦手。音楽は滅多に聴かず、読書が好き。女の子のことは、特に好きでも嫌いでもないらしい。恐らく童貞《どうてい》だろうが、下ネタを話すタイプではないのでわからない。

哲狼が話したくないこと、聞かれたくなさそうなことに暁は言及しない。例えば実の両親について、育った環境、故郷の町……あからさまな拒絶は示さないが、沈黙とまぶたを落とす仕草がその合図だ。

だからいまだに、哲狼には秘密が多い。だが、別に構わなかった。

楽しいこと、知りたいこと、聞きたいことだけしゃべって、しゃべって、笑う。哲狼が自分を心から信頼し、慕ってくれているのも伝わってくる。それだけのつかず離れずの関係が、暁には心地よかった。踏み込まない理由は、傷つけたくないから。そして、失いたくないから。

暁としては、チャンスがあれば、恋人になることはやぶさかではなかった。恋心を抑えているだけで、そういう関係になれたら、想いはもっと深くなるだろう。それが可能ならどんなにいいだろうと思い、心の片隅で願っている。

だが、それはきっと叶わない願いだ。だから、我慢している。まだ、それほど辛くはない。今のままなら、片想いのままでもどうにか耐えられるだろう。ただ、哲狼が誰かに恋をしたら……いつか来るはずの瞬間への痛みを、暁は振り払う。

待て待て、それ以上は考えるな！　今夜はせっかく、ふたりきりになれたのだ！　色恋のハプニングなど余計なことは期待せず、この瞬間の幸福に浸ればいい。

「そのパーカは秋冬物のサンプル……試作品だよ。といっても、うちの会社は紳士服は作ってないから、紳士服の会社にいる友達がくれたものなんだけど、俺にはサイズが大きかったんだ」

哲狼はパーカを広げ、胸に押し当てる。

「きれいな色ですね。いいんですか、もらって……」

「ああ。普段着にしてもいいし、パジャマにしてもいいし……気に入らなかったら、誰かにあげていいよ」

「そんな……もったいない」

「でも、俺の財布はまったく痛んでないから――」

暁の言葉の途中で哲狼はおもむろにセーターを脱ぎ、Tシャツの上からパーカを被った。

「どうですか？」

サイズはぴったりだった。色もいい。哲狼には寒色系、特に青系がよく似合う。瞳が青味がかっている――ように見えるせいかもしれない。

「うん……似合ってる」

暁はドギマギしながら答える。いきなりのストリップ、さらに身体のラインがはっきりわかるTシャツ姿を目の当たりにし、興奮したのだ。

「ありがとうございます」

少し乱れた髪と照れくさそうな笑顔の取り合わせもセクシーだ。「ええもん、見さしてもろたわ～」となんちゃって関西弁で言いたくなるテンションの上がり具合だった。サイズなんて正直、どうでもいい。

「でも、これ、裏側が……なんていうか……」

哲狼はパーカの胸の辺りを手でまさぐった。

「ああ、ボアだよ。もこもこするんだろ」

「もこもこ……？」

「もふもふ、とも言うな。犬とか猫とか、獣《けもの》の毛に感触が似てるだろ。人気なんだぞ、もふもふは。特に女の子にな」

哲狼はかすかに眉をひそめた。初めて見る表情だった。不思議……というのとも少し違う。不機嫌に近いだろうか。

「嫌いか？　無理しなくていい」

「嫌いじゃないんですけど……うーん……」

パーカを脱いでセーターを着直してもなお、哲狼は首を傾げている。挙句《あげく》に裏表をひっくり返し、撫でながら、しつこく感触を確認している。ボア生地そのものが苦手なのかもしれない。

「もふもふ……もふもふっていうんですか」

「俺は好きじゃないけどな。毛のタッチがあんまり……」

「毛は……ダメ、ですか？」

なぜか、哲狼は少し悲しそうな顔になった。今夜は表情がくるくると変わる。

「ダメじゃないよ。ただ、同じオーガニックならコットンのほうが好きってだけだ」

「綿……植物のほうが好きなんですね。ふかふか、ですよね」

「覚えてた？」

「覚えてますよ。暁さんの好きなものですから」

機嫌が直ったのか、あるいはボアに飽きたのか、哲狼はおかしそうに言いながらビニールの袋を開けた。

「タオル……あ、もしかして……これがその『FUCAFUCA』ですか？」

哲狼の目がパッと輝く。

これまで何度か、暁は「FUCAFUCA」のすばらしさを伝えてきた。哲狼なら聞いてくれる、そしてわかってくれると思ったからだ。

「うん」

「え……これも、もらっていいんですか？」

「そのために持ってきたんだよ」

「嬉しいです」

哲狼は言葉のままの表情で取り出したタオルを手のひらで撫で、頬に触れさせた。

暁はいつになく緊張する。

哲狼はどんな話も興味を持って聞いてくれるが、正直だ。わからなければわからないと言うし、良いと思えないものについても言葉にする。そういうところが愛おしいのだが、「FUCAFUCA」に関しては神経質になってしまう。

ふかふかがもふもふに負けたら、俺、立ち直れないかも——。

「あ」

哲狼が顔を上げた。ドキッとする。

「な、何？」

「柔らかいです」

「うん、うん」

「でも、弾力があります」

「うん、うん」

「うん」が徐々に力を増す。

「あと……」

ちょっと考え込み、哲狼はおもむろに立ち上がって部屋を出ていってしまった。

「え……」

それだけか、期待し過ぎたか……がっかりしていると、バスタオルを手にした哲狼が戻って来た。畳んであるところを見ると、洗い立てらしい。腰を下ろすと哲狼は「ＦＵＣＡ」にしたのと同様に手のひらで撫で、頬に押し当てた。他のタオルと比べよう、ということらしい。賢い。

「あー……違います。全然違いますね」

暁はゴールを決めたサッカー選手よろしく、その場で万歳《ばんざい》してしまった。

「やった！　そうだろ？」

「……ふかふかって、これなんですね。翔の髪はさらさらで、沙綾の肌はぷにぷになんだって、ママさんに教えてもらいました」

「も、もふもふと比べてどう？」

「そっちのもふもふは……ちょっと変です。あ、ごめんなさい。いい服です。ただ――」

「いいよ、好みの問題だ」

「でも、こっちは……ふかふか……ふかふか……そうか、気持ちいいって、こういうことなんですか？」

哲狼はつぶやきながら、タオルを何度も頬に触れさせている。

「そうなんだよ！　そうなんだよ！」

感激のあまり、暁は哲狼に近寄って抱き締めてしまった。しかしすぐに我に返り、腕を離す。

「ご……ごめん、つい……」

誓って、淫らな下心《したごころ》はなかった。だが、あえて弁解するのもおかしい。

「本当に好きなんですね、これが」

哲狼はにこっと笑った。安堵半分、がっかり半分で暁も微笑む。

「ああ、うん……」

「暁さんの好きなものに触れられて、嬉しいです」

「そ、そう……」

お前が好きだ——そう打ち明けてしまいたくなる。お前にも触れたいんだよ。お前のことも、大好きだから。

「気持ちいい……植物もいいですね……」

哲狼は目を閉じ、ふかふかを味わっている。俺の大切なふかふかを、可愛い哲狼が味わっている。あああ……。

「も……うちょっと飲もう……かな」

缶に残っていたハイボールを飲み干し、暁は簡易冷蔵庫から新しい缶を出した。プルタブを引き、一気に半分ほど飲む。

「大丈夫ですか？」

不意に、哲狼が顔を近づけてきた。

「そんなに急に飲んだら……」

キュートな犬歯が目に刺さる。

「だ、大丈夫……」

じゃねえよ。

暁は無理に笑って、ハイボールを喉に流し込んだ。


目が覚めると、辺りは静かな闇《やみ》だった。かすかに頭が痛む。

すぐに目が暗さに慣れ、暁は自分が哲狼の部屋の布団の中にいることに気づいた。終電までには立川家を出るつもりだったのに、いつの間にか眠ってしまったようだ。布団も哲狼が敷き、そこに寝かせてくれたのだろう。

その哲狼は、部屋の隅の布団にいる――らしい。らしいというのは掛け布団が山のように膨《ふく》らんでいて、姿が見えないからだ。布団にもぐり、丸くなって寝るのが好きなのかもしれない。

迷惑かけたなと思いつつ、壁掛け時計を見る。午前二時半だった。寝ている哲狼を起こし、タクシーで帰るのも今さらだ。朝早く帰ったほうがいい。

そう決めると、喉の渇《かわ》きが気になった。布団を出て、廊下の端にある洗面所へ向かう。トイレを使い、手を洗ってから、蛇口《じゃぐち》の水を手で受け止めて飲んだ。

再び廊下に差し掛かり、サッシから真夜中の庭を見て、暁は今夜が満月だったことを思い出した。苗字《みょうじ》に「月」の文字があり、満月の晩の夜半に生まれたことから、父が暁と名付けてくれた。そんな名前の由来《ゆらい》を持つので、満月にはちょっと思い入れがある。

部屋に戻った暁は障子を完全に閉めず、ほんの数センチだけ開けたままにした。冷えるほどではないし、パワーがあるという満月の光を感じるのも悪くない。

哲狼は相変わらず、布団の中にいた。どうしても寝顔が見たくてたまらなくなり、暁は近づく。まるで身を隠すかのように、しっかりと布団にくるまっている。起こさないように、気づかれないように……と掛け布団を少しずつ引っ張り、胸元まではがすことに成功した。

暁は息を呑《の》んだ。かすかな月光に照らされた穏やかな寝顔——の下に、引き締まった裸体があったからだ。どうやら全裸で寝るらしい。

ここまで見れば十分だ、離れなければ——と思ったが、できなかった。三分、いや一分だけ……と言い聞かせ、そばに身を横たえる。

と、そこへ幸運の女神が舞い降りた。哲狼が動き、なぜか暁を抱き締めたのだ。

理由はわからないが、この幸運を逃す手はない。

暁は哲狼の腰に手を回し、胸に顔を埋めた。深い森のような香《かぐわ》しい匂いと逞しい肉体に恍惚《こうこつ》となった。「FUCAFUCA」の対極にある感触だが、これこそ人間にしか与えられない命のエクスタシーだ。

それからどれぐらいの時間が経ったのか、わからない。眠ったのか、それともまったく眠っていないのか。ただ、弾力のある皮膚の感覚は、いつの間にか、滑らかな感触に変わっていた。

なんだっけ、この生地……うつらうつらとしながら、暁は考える。絹？　いや、違う。カシミアに似ているが、カシミアではない。何かの動物の毛からできているものなのは確かだ。ひんやりとしていて、同時に温もりがある——フェイクではこうはならない。何かの動物の毛皮だ。毛皮はあまり好きじゃないが、これは質がいい。最高級のもふもふだ。悔しいが、ふかふかに匹敵する……。

哲狼のことはすっかり忘れ、全身が蕩《とろ》けてしまいそうな悦《よろこ》びの中、暁は意識を手放した。

再び目を覚ましたのは、寒さのせいだった。布団が完全にはだけている。

うっとりするような夢を見ていたが、内容を思い出せない。もう一度、あの夢の感触の中に戻りたい……暁は布団を引き寄せ、眠りも引き寄せようとする。

そのとき、暁の目は大きな塊《かたまり》を捉《とら》えた。黒い何かが、部屋の中をゆっくり動いている。障子のすき間から差し込む月灯りが、シルエットを浮き上がらせたのだ。

まどろみを破ったのは、黒い物体の中から発せられる、ふたつの金色の光だった。

ふたつ——目だ。

発作的に、暁はガバッと布団から身を起こした。だが、黒い塊も金色の光も消えることなく、確かに目の前にいた。

「え……?」

夢じゃない。

身体を起こしたはいいが、腰が抜けてしまった。かかとと臀部《でんぶ》だけで、もぞもぞと敷布団の上を後ずさる。

「え……え……」

口を開くが、言葉にならない。目の前にいる物が一体何なのか、何が起こっているのか、理解できない。

ぐるる……と、あえぐような音がした。黒い塊が喉を鳴らしたのだとわかった。

影じゃない。黒いガスでもない。生き物だ——恐怖と焦りだけが、激しい怒りのように心臓から頭へと一気に駆け上がる。

「わ……」

ばたばたと動かした手の先に、何かが当たった。ひんやりとしたそれを掴み、暁は塊に向かって思い切り投げつける。投げた瞬間、目覚まし時計だとわかった。

目覚ましが、塊の目の辺りに当たった——ような気がした。塊がまた、喉を鳴らした——ような気がした。

すべては曖昧なまま、暁は気を失った。

＊＊＊＊＊

「……あ、おはようございます」

声と画像がいっぺんに飛び込んできた。濡れた髪の上から「FUCAFUCA」を被った哲狼がこっちを見下ろしている。シャワーを浴びてきたらしい。

「……テツ？」

「はい」

哲狼の背後の障子は開け放たれ、秋の朝の陽射しと庭の南天《なんてん》の実が映る。緑と赤のささやかな、しかし強いコントラストが現実を実感させ、暁はホッとした。枕元の目覚まし時計も、すぐそこにある。

あれは夢だったんだ、と暁は自分に言い聞かせる。

満月の光を浴びて、悪夢を見たんだ……。

「……あ、ごめん、俺、酔って寝ちゃったんだな。帰るつもりだったのに……」

「いいですよ、別に。それよりこのタオル、本当にいいですね。大好きになりました」

「そう……よかった」

「暁さんもシャワー使いますか？」

「うん、じゃあ……お言葉に甘えて。ありがとう」

「これは俺が使っちゃったから、普通のタオルしかないですけど……」

暁は笑った。

「いいよ、もちろん」

「朝飯作っておくんで、出たら母屋《おもや》に来てください」

哲狼の心遣いに感謝しつつ、暁はバスルームに入った。洗面所やトイレと同じく、バリアフリーになっていた。

熱いシャワーを浴び終え、哲狼が用意してくれたタオルで身体を拭う。

脱いだ服を再び身に着けようとしたとき、洗濯籠《せんたくかご》の中身が目に留まった。さっきは気づかなかったが、昨夜、哲狼が着ていたセーターだ。その下にはシャツもある。

なんとなく見ているうちに、暁は繊維の間に妙なものを見つけてしまった。黒い毛だ。

最初は哲狼の毛髪かと思ったが、違う。これは職場やショップで何度も見た。秋冬物のファッションコートの襟《えり》やフードの縁を飾る……獣の毛だった。

フェイクの可能性もあるが、哲狼がそんなジャケットを着ているところなど見たことがない。フェイクではないなら、本物の毛皮ということになる。

本物……そういえば昨夜、夢の中で味わった。全身を包み込んだ高品質の毛皮、森の香り、背中を抱き締めた腕――。

背中が冷たくなった。よく見ると、床にもかなりの本数が散っている。

暁はわけのわからない衝動に駆られ、セーターを手に母屋へ走っていた。

「あ、目玉焼きと卵焼き、どっちが――」

「テツ」

キッチンでフライパンを温めようとしていた哲狼に、暁はセーターを見せる。

「この毛……どうしたんだ？」

哲狼はハッとし、怯《おび》えたような顔つきになった。

「……脱いだときに、髪の毛が――」

「俺は服を作る会社にいるから知ってる。いくら何でも、ここまで抜け落ちることはない。

それに、これは人毛じゃない。この毛……これは……」

そこで暁は、また別のものを見つけてしまった。前髪の間から覗く哲狼の額《ひたい》に、何かがぶつかったような傷があったのだ。

暁の視線の意味に哲狼も気づいたらしい。動揺が激しくなる。

「あの……俺、あの……っ……」

美しいイリデッセンスの虹彩《こうさい》の中の一色――金だけが、強烈な輝きを放った。

「あ、暁さん……」

いつもとは違う、喉にこもったような声。一対の金色の瞳。闇に浮かんだ黒い影――。

セーターが手から滑り落ちた。

一歩、二歩……後ずさりする。

「暁さ――」

三歩目で恐怖が限界に達し、暁は背中を向けてその場から逃げ出した。

5

翌週の木曜の夜。タイムカードを押した足で会社近くのファミリーレストランの入り口に立った暁に、スタッフが営業スマイルで尋ねた。

「おひとりさまですか？」

「いや、待ち合わせをしていて……」

そう言いながら店内を見渡すと、立川が手を振る姿が見えた。

「ああ、あそこです」

テーブルに近づくまで、立川は立って待っていた。

「すみません、お待たせして」

「いえ、こちらこそお忙しい中、お呼び立てして申し訳ありません」

食事は断り、コーヒーを頼む。

立川が電話をかけてきたのは、昨日だ。哲狼のことで話があるという。先週末、勝手に泊まったことへの文句かと思ったが、低姿勢で恐縮している様子の立川を見ると違うらしい。それでも一応、暁は謝罪する。

「先日は、ご不在なのに、飲みすぎて泊めていただいてしまって……すみません」

「いえ、そのことはもう……」

いつになく歯切れが悪い。

あの朝、逃げるように立川家を去って以来、暁は哲狼に連絡を取っていなかった。哲狼は電話もメールも苦手だ。こちらから連絡しない限り、何か言ってこないことはわかっている。それを承知で放置したのだ。

自分が目にしたものが何だったのか、今もよくわかっていない。アルコールが残っていて、幻覚を見ただけかもしれない。細切《こまぎ》れの妙な妄想をつなげ、勝手に怯えただけかもしれない。

ホラーや超常現象映画は好きだし、人智を越えた超能力も存在すると思っている。いや、正確には「存在すると信じたほうが楽しい」と思っているだけだ。実際に目の当《ま》たりにしたいわけではない。誰かに伝えて、理解されるとも思えない。

あの晩に見たこと、そして翌朝に気づいたことを、暁は誰にも話さなかった。自分がおかしいと思うほうが楽だったからだ。なのに——哲狼に会う勇気は出なかった。

だから今、こうして立川を目の前にしても、何を話せばいいのかわからない。立川が何を話しにきたのかもわからない。仮に、何かを知っているのだとしても……知りたくないというのが本音だった。あれを現実にしたくなかったのだ。

「旅行から帰ったら、テツの様子がおかしかったので、何かあったのかと尋ねたんです。そうしたら……」

かすかな逡巡《しゅんじゅん》の後、立川は聞いた。

「見たんですね？　あの子が……もうひとつの姿に変わったところを」

店内のざわめきが消え、胸の中が水を打ったように静まり返る。

「あの……あれは――」

「ああなってしまうのは発作や、アレルギーや……病気のようなものなんです」

嘘だと言ってほしかった。それが無理なら、席を立って帰りたかった。それを阻《はば》んだのはあの朝見た金色の目ではなく、哲狼の笑顔だった。

「ああなる、というのは……つまり……」

暁は唾液《だえき》を飲み込み、思い切って口にした――その考えを。

「変身……ですか？」

「ええ」

覚悟を決めたかのように、立川ははっきりうなずいた。急激に、暁の鼓動は速くなる。

「ど……どういう――」

「月島さん、最初に言っておきます。あの子は、人間です。人の子です。それは間違いない。一緒に暮らしている私が約束します。だから、落ち着いて聞いてください……どうぞ、水を飲んで……」

そうだ、家族が一緒に住んでいるんだ……パニックを起こしかけたが、立川の強い言葉が暁に冷静さを与えてくれた。暁は水を飲み、深呼吸をくり返す。

「大丈夫ですか？」

「……はい。すみません」

「いいんですよ。私も最初は信じられなかった。今は……時々、忘れそうになります。特にあなたに出会ってから、あの子はずい分、変わったので――」

言ってすぐに、言葉の重なりに気づいたのだろう、立川は説明を添える。

「ああ、今のは『変身』という意味ではないんです。成長したということです。変わったので、あまり変わらなくなったとでも言いましょうか……いや、変ですね。あっ、今のは――」

「わかります、わかりますから――」

焦って気遣ううち、どちらからともなく笑みが漏れた。それをきっかけに少しリラックスした雰囲気がテーブルに生まれ、暁に立川の話を聞く準備ができた。

「大丈夫……だと思います。聞かせてください、彼のことを」

「では、出会いから――」

立川が哲狼に会ったのは、昨年の夏。休みを利用して、一家で里帰りした際のことだという。

ある日の夕方、立川は翔を連れて近くの小川へいった。少し散歩してすぐ帰るつもりだったが、着いてすぐに目にゴミが入ってしまい、つないでいた手を離してしまう。ほんの数秒だったが、動きたい盛りの翔は浅瀬《あさせ》へと駆け出していった。

流れは穏やかで子どもが遊ぶにはもってこいの川だが、暮れ始めの時間帯だったこと、ゴミを取ろうとしたせいで視界が歪《ゆが》んだことで、立川は翔を見失う。名前を呼んだが返事はなく、姿も見えない。

警察と消防を呼ぼうと携帯電話を取り出したとき、顔のはっきりしない黒い影が水の中から立ち上がった。その腕には、翔がいた。

立川は腰を抜かし、その場にへたり込んだ。なんとかしなければと思っていると、その黒い影は砂利《じゃり》の上に翔を寝かせ、木々の中へ消えたらしい。翔はすぐに目を覚ましたが、濡れているだけで傷ひとつなかった。泣きもせず、きょとんとしていたという。

翔を抱きかかえた立川は恐る恐る、影が消えた木々のほうへ歩いていった。するとそこには、全裸でびしょ濡れの青年がいた。「もっと遊ぼう」と言わんばかりに翔が楽し気に青年に手を伸ばしたのを見て、立川は確信した——彼が、孫の命を救ってくれたのだと。

新しいコーヒーを注文し直し、立川は言った。

「それが、テツとの始まりです」

あまりにさらっとしているので、暁は拍子《ひょうし》抜けする。

「え……で、でも……怖くなかったですか？」

「翔を抱き上げて、こっちへ向かってきたときはね。実は最初、熊《くま》かと思ったんです。しかし後から思い出してみると、熊にしては毛の感じが……犬に近かった。真っ黒でもない。しかも、普通に二足歩行していた。それでその後……全裸でしょう？　あ、着ぐるみを着てたんだなと」

暁はハッとした。確かに、そう考えるほうが妥当《だとう》だ。

「なるほど……」

「夕方だったし、私も老眼ですしね」

ところが青年のそばに脱いだはずの着ぐるみはなく、割《さ》けた衣類が残っているだけだった。

　立川は婿の誠一に電話で状況を説明し、着替えを持って車できてほしいと頼んだ。駆けつけた誠一に翔を病院へ連れていかせたが、乾いた服に着替えると何もなかったかのように病院ではしゃぎ回っていたという。

　一方、立川は青年に衣服を与え、実家へ誘った。

「美弥さんたちは、何も……？」

「人間は面白いもので、先入観に左右されやすいんですよ」と立川は笑った。

「哲狼におかしなところがあるとか、変なものを見たとは言わず、私は娘たちに『翔の命の恩人《おんじん》だ』とだけ伝えました。事実ですからね。何より、翔から目を離したのは私の責任です。感謝と後ろめたさもあってね……」

　温かい食事と風呂を振る舞い、いくらかの金を礼として渡し……それで終わるはずだった。しかし、哲狼は数日を立川一家と過ごすことになる。哲狼を引き留めたのは、他でもない翔だった。

「いくら恩人とはいえ、今はどこに危険が潜《ひそ》んでいるかわからない時代です。身分を示すものはズボンのポケットにあった保険証だけで、それだって本人のものかはっきりしない。今住んでいる場所も、仕事も家族の話もきちんと説明できない。でもねえ……」

立川が優しいまなざしで宙を見据える。

「離れがたくなってしまったんですよ。翔だけでなく、私も美弥も、誠一くんも」

それだけは、暁も共感できた。だからこそ、真実を見たくないという思いと、すべてを知りたいという好奇心が胸に交錯《こうさく》する。

「それで……?」

あまりに無防備な哲狼の行く末を案じた立川は、時間をかけて「これまでの人生」を聞き出した。父親を知らないこと。母親は出産のときに亡くなったこと。祖父母から教えられた、学校へ通えない理由……人間だけれど、普通の子とは違うこと。亡くなる前に、母が遺した名前の意味――。

「人間だけれど、違う……」

つぶやく暁に、立川が切り込んだ。

「月島さん……もう、想像がついているんじゃないですか?」

あの夜のことは誰にも話していない。だが、連絡を取らずにいる間、何もせずにいたわけではなかった。思いついたキーワードを元に集めてみたのだ――狼《おおかみ》についての資料を。

そこから派生《はせい》して狼人間や人狼《じんろう》、獣人について書かれた物も読んでみたが、最終的に暁はそれらの情報を排除した。実際に存在したとしても、確かめようのない要素を哲狼に当てはめても意味がない。だが、狼の生態に関する情報だけは確かだ。もちろん、それで哲狼のすべてが解明されるわけではないが。

「彼自身も自分の出生について、肝心な部分は知らないんですよ。祖父母も、娘からすべてを聞いたわけではないようですし……」

「つまり、父親のことを話す間もなく……ということですか？」

立川は首を横に振った。

「頑《がん》として話さなかったらしいです。ただ……狼と交わるというのは、ちょっと考えにくいと思うんです。そもそも、今の日本に狼はいないとされていますし……」

言いにくそうな立川を見て、暁は想像を口にする。

「じゃ……父親の遺伝子に、そういうものが混じっていたとか……？」

「私もそう思います。ここからは想像ですが――祖父母は、産まれてきた孫の姿を見て悟ったんじゃないでしょうか」

赤ん坊が人の姿をしていたら、祖父母は娘の不貞《ふてい》を疑う程度だったろう。生まれつきの病気があったとしても、それは産院や病院でわかることだ。それすらせずに匿《かくま》った理由は、異形《いぎょう》だったからではないか。

「でも……体毛が多くなる病気がありますよね」

暁のつぶやきに立川は応じる。

「アムブラス症候群《しょうこうぐん》――狼男症候群と呼ばれるものですね」

遺伝子欠損が原因で、手のひらと足の裏以外の肌が大量の毛で覆われる病だ。世界でも五十例ほどしかいないとされている。立川も徹底的に調べたらしい。

「でも、それが常態ならば、なおさら祖父母は病院へ連れていくはずです」

「じゃ、テツは……頻繁《ひんぱん》に変身をくり返していると？」

「わかりません。テツも、その辺りの記憶は曖昧なんです。人間によって人間として育てられたら、自分の姿がどうでも、自分を人間と思うでしょう」

「ああ、刷り込みってヤツですね」

祖父母は手を尽くし、哲狼を生育《せいいく》するだけでなく、教育も施《ほどこ》したようだ。徐々に変化していく肉体を見て、自分たちがいなくなっても生きていけるように……と願ったのではないだろうか。

立川は哲狼を説得し、なんとか戸籍《こせき》や遺産などを調べてみたという。残された財産はさほど多くなかったが、その中には地方の小さな山林があった。開発の手が及ぶことのない、資産価値のほとんどない場所らしい。

「それを知ったとき、私は涙が止まりませんでしたよ。今のテツなら、どうにか人の中で暮らせます。でも、それができなくなったときのために、おじいさんたちはあの子の住処《すみか》を用意したんです」

慈愛《じあい》に満ちた立川の声に、暁はうなだれる。逃げた自分を恥じたのだ。

なぜ、孫の命の恩人というだけで立川が哲狼の面倒を見ようとするのか、暁にもようやく理解できた。守ろうとする人々がいて、愛された子だったからだ。それはきっと、今の哲狼自身の中にも受け継がれている。

「娘夫婦にも相談し、面倒を見ようと決心しました。で、仕事と住む場所を提供したいと言ったんですが、ずいぶん固辞《こじ》されたんですよ。迷惑をかけるからと。でもまだ若いんだし、わからないことは勉強すればいい、できるように努力すればいいと話しました。ところが、哲狼が言った迷惑の意味は違ったんです」

「それが変身……？」

立川はうなずいた。

「ええ、そうです。ただ、私も変身の過程を見たことはありません。テツも、うちに来てからは一度もないと言っていました。一年半、生活を共にしてきましたが、いたって普通の子ですよ。真面目だし、他人に優しい子です。自分の意志ではどうにもならないことだけ注意すれば、大抵のことはなんとかなります」

哲狼にとっての幸運は、立川との巡り合いだけではない。立川が清掃会社を経営していたことも大きい。深夜のオフィスの掃除は、人づきあいが苦手な哲狼にはもってこいの仕事である。そして、狼は夜行性だ。

そこで、暁はようやく気づいた。

どうしてあの晩、哲狼は神経質に障子を気にしていたのか。どうして、部屋の隅で布団を被って寝ていたのか。

「……そうか、満月……」

狼と満月の関係は、暁が排除した狼男などのフィクションの中にしか登場しない。

その一方で、満月と新月が及ぼす影響は、昔からまことしやかに囁《ささや》かれ続けている。感情的になるために凶悪事件が多い、左脳《さのう》と右脳《うのう》の作用が入れ替わる、引力によって出産ラッシュになる……など、枚挙《まいきょ》に暇《いとま》がない。

特に、女性は身体に変化を感じるという。女性スタッフの多いショップでは、「月齢《げつれい》カレンダー」を用意して体調管理に役立てている店長もいた。

つまり、狼がどうこうではなく、そもそも「人体」への影響を生かして「狼男」が創作されたとも考えられる。だとすれば、むしろ人間の血と満月、新月の関係が哲狼の変化に及ぼしているという仮説も成り立つ。

もしも本当に狼と人の間の子どもなら、双方の特性を受け継ぎ、年齢や条件によって、それが現れたり、消えたりしているのかもしれない。二足歩行や会話は祖父母の訓練の賜物《たまもの》だろうが、狼は認識しないと言われている赤にも哲狼は反応した。それは人間の特性ではないか。

「月齢との因果関係は、テツにもわからないようです。ただ、やはり満月と新月の頃は調子が悪くなるというので、仕事の予定を組むときは注意しています。休みにしたり、外出を控えさせたり……」

「確かに、病気やアレルギーと同じですね。しかも、危険日は予測できる——」

そこまで言って、暁はため息を漏らした。

「ああ、じゃ、彼は無理をして……」

知らなかったとはいえ、要注意日だったのだ。俺が泊まらずにとっとと帰っていれば……俺の下心が、変身を誘発したのかも——。

「俺のせいですね……」

立川は慌てて首を横に振った。

「いいえ、月島さんは悪くありません。わかっていても会いたかったんでしょう。自分の意志でそれを選んだ……人として成長した証《あかし》だと思います」

そうだとしたら、嬉しい。それなのに、俺はひどい態度を取ってしまった。知らなかったとはいえ、感情を優先した挙句、対処法を誤った。

「あの……彼は私のこと、何か言ってましたか？」

「いいえ。でも、ひどい落ち込みようで……食事もあまり摂《と》らないんです」

「そんな……」

「何があったのか、なんとなく察しはつきました。それで、どうにかしてやりたいと思って今日、お時間をいただいたわけですが……私も迷わなかったわけじゃないんです。突《とっ》拍子《ぴょうし》もない話ですし、正直に話して月島さんが納得されても、今後のおつきあいに関しては、また別の話ですから」

「それは――」

「いえ、いいんです。聞いてくださってありがとうございました」

立川は深々と頭を下げた。

いつか疎遠《そえん》になる日が来るかもしれないとは思ったが、こんな形だとは想像してなかった。哲狼に恋人ができるとか、結婚が決まったら、会うのが辛《つら》くなるから自分から遠ざかるのだろうと思っていたのだ。

ふうっと息を吐き、暁はコーヒーカップに口をつけたが、空《から》だった。もう何杯、おかわりしたかわからない。

「ここから先は……月島さんのご自由です。今の話を信じるも信じないも、テツとの関係についても。ただ最後に一度、会ってやってもらえませんか？」

最後……最後なのか？

「本人は『これ以上、月島さんに嫌われたくないからもう会わない、何もしなくていい』と言うんです。でも、それはダメだと諭《さと》しました。今後どうなろうとも、よくしていただいたことは事実です。終わらせるにしても、筋《すじ》は通さなければいけない。それが、人のルールなんだと」

立川の言葉が胸に染みる。

テツの言い分を聞こうともせず、俺は逃げた。人のルールに反していないか？

「テツは今夜、仕事ですか？」

「いえ、家にいます」

「これから会えますか？　いや、会いたいんですが……伝えてもらえますか？」

暁の頼みに、立川は強くうなずいた。

「車で来ましたので、ご一緒にどうぞ」

離れのドアを開けた哲狼は、暁の姿に凍りついたように固まった。泣きはらしたのだろう、きれいな瞳の白い部分が、今日は真っ赤だ。

暁は手にしていた袋を掲げた。哲狼が好きなハンバーガーショップのものだ。

「一緒に食わない？　晩飯、まだなんだ」

暁は微笑んでみせる。

きちんと謝るつもりだった。だが、いきなりあの晩の件に言及《げんきゅう》する前に、会話のとっかかりがほしかった。好きだと言ってくれた「FUCAFUCA」を買いにいく猶予《ゆうよ》はなかったので、立川に頼んで、店に寄ってもらったのだ。

しかし、哲狼は何も言わない。失敗したか——気まずい沈黙が続くが、部屋に上げてほしくて暁は続けた。

「食おうよ。テツが好きなダブルチーズのベーコン入りとチキンを買ってきたんだ。期間限定のサラダも……」

ようやく哲狼はうなずいた。

「……はい」

暁はホッとし、靴を脱いだ。

部屋へ入り、丸座卓の上に袋を乗せる。座ろうとしてふと脇を見ると、すぐ横にプレゼントした絵本、きちんと畳んだパーカ、タオルが置いてあった。喜んでくれた哲狼の笑顔がよみがえる。

「も、もしかして……これ、返すとか言わないよな？」

立川が運転する車の中で、話すことをきちんと考えたはずだった。言葉を選び、新しい関係を築きたいと伝えようと。だが、それらは暁の頭から吹っ飛んでしまった。

「テツ……？」

哲狼は首を横に振った。

「電話して、返さなくていいですかって聞くつもりでした。でも、返せって言われたら、そうしなきゃと思って……」

声が震えたかと思うと、瞳から涙がぽたぽたと落ちた。

「ごめんなさい！」

突然抱き締められ、心臓が止まりそうになる。

「怖がらせるつもりなんてなかったんです。満月の夜は具合が悪くなるから、途中で帰ってもらえばよかったのに、『ＦＵＣＡＦＵＣＡ』をもらって、嬉しくなって……」

哲狼は暁の肩に顔を押しつけ、泣きながら必死に続ける。

「嬉しいのに、暁さんが大事にしてる『FUCAFUCA』が羨《うらや》ましくて、俺もそうなりたくて……夜中に隣にいたから抱き締めたら、変身しちゃって……でも、毛は好きじゃないんですよね……ごめんなさい――」

やっぱりそうか、と暁は思った。哲狼を惑わせたのは、俺の下心だった――申し訳なさと情けなさで心が痛む。同時に、哲狼の一途さが愛おしい。

「謝らなくていい、悪いのは俺なんだから……お前は悪くないよ。ごめんな、テツ……ごめん……」

「……まだ、友達でいてくれますか？」

「うん、もちろんだ」

哲狼の背中から力が抜ける。暁はその背中をさすってやった。

五分後、ようやく落ち着いた哲狼と丸座卓を囲む。

「満月と新月の頃はいつも、押し入れで寝るんです」

安堵から食欲が出てきたのか、哲狼はハンバーガーを齧《かじ》りながら言った。

「月光を浴びると、その……身体が変化するから？」

「絶対になるってわけじゃないんですけど、今までにそういうことがあったので……念の

ために」

言ってくれればよかったのに、というのは後付けの言い分である。哲狼は哲狼で対策を講じ、実践《じっせん》していたのだ。降って湧いた災難は、むしろ自分だと暁は思った。

哲狼の説明――正確には、祖父母から聞かされたこと――によれば、三歳ぐらいまで四足歩行だったが、その後は二足歩行になったらしい。祖父母よりも毛深いと思ったが、それも二足になるにつれて生えなくなったという。

「あのさ……人を食べたいとか、傷つけたいとか、そういう衝動はあるの?」

暁は慎重に質問する。哲狼はふたつめのハンバーガーに手を伸ばし、首を左右に激しく振った。

「ありません！　小さい頃から普通にご飯を食べてきたし、人を傷つけちゃいけないって教えられてきましたから」

哲狼の指に、獣のような鋭い爪はない。犬歯に関しては、持っている人間も多い。それが狼の証《あかし》だと言い出したら、日本は狼女、狼男だらけになる。

「……そうだよな、ごめん」

野生の動物だって、食糧が得られない場合以外は人里には現れない。育てたのが人間なら、食事も生活習慣も人間のものになるだろう。

「でも、やっぱり、変だって言われるから……」

必死に生きようとしているだけなのに、陰口を叩かれ、哲狼は傷ついてきた。

俺は傷つける側じゃない、そんな心無い人間とは違うと思ってきたが、同じだったんだ
──暁にはそれがショックだった。

「じいちゃんとばあちゃんは、ルールを教えてくれました。家の中、世の中……いろんなルールがあるって」

ハンバーガーを食べ終えた哲狼は居住まいをただし、暁を見つめた。

「社長やママさん、パパさんもです。俺がちゃんとしないと、翔や沙綾が真似するってことも、社長が恥ずかしい思いをするってこともわかりました」

「そうだな」

すべての人間がそうであるべきなのに、人の世に産まれたというだけで忘れてしまっている。むしろ哲狼のほうが、社会に対して真摯《しんし》で誠実だ。

「暁さんとの間にも、ルールは要りますか？　要るなら、教えてほしいです」

「心を縛《しば》りつけて、一緒にいることが苦しくなるようなルールは要らないよ。俺は……テツと一緒にいるのが楽しいし、嬉しいんだ」

「俺もです。こんな気持ち、初めてです。上手く説明できないんですけど……俺、初めて

のことだらけだから……」

偉そうなことを言えるほど、自分は出来た人間じゃない。それを暁は、哲狼から教わった。だから――。

「もっと楽しくなるようなルールを一緒に作る……っていうのはどうかな」

「作る？　そんなこと、できるんですか？」

哲狼はびっくりしたようだ。

「できるよ。考えて、話しあって作っていくんだ。他の人にはわからなくてもいい、俺とテツにとって大事な約束事を……」

立川が言ったとおりだ、と暁は思った。

意図せぬ変化は病気やアレルギーのようなもの。関係を一から築くのは、人間同士でも当たり前だ。親しくても傷つけあうことはある。赦《ゆる》しあうこともできる。互いに弱さを見せ、失敗をくり返すことで、信頼は深まっていく。

自分と哲狼も同じだ。何も変わらない。

「やってみたいです……暁さんがいいって言ってくれるなら、俺、がんばります」

感極まった表情で、哲狼は身を乗り出した。

「いいに決まってる。それから、俺のほうが変だと思ったら、ちゃんと言ってほしい。それが……友達だから」

恋人や夫婦も――そう言いたかった。だが、その想いはまだ秘めておこう。

「じゃ……言います」

早速か、と暁は身構える。

「お、いいぞ」

「それ……食べてもいいですか？」

残っているハンバーガーを指差し、哲狼は聞いた。

6

街がクリスマスムード一色の中、「トランスミュート」のそこここで、展示会用に上がってきた各ブランドの春夏物のサンプル検討会が行われている。そして同日、来年の秋冬物の企画会議がある――これがアパレルの日常の風景だ。

しかし、シーズン単位のサイクルだけで業務を回す時代はとうに過ぎた。今は一年を52週に区切る「MD週」を併用し、週単位で在庫数を確認しながら販売戦略をきめ細かく変えていくのが、MDやVMDの主流である。作った商品、仕入れた商品は売りさばく――これが鉄則だ。在庫の回転率を上げ、ロスを省いて業務の効率化を心がけなければ、MDは務まらない。

とはいえ、やはりデザインが制作の肝《きも》であることは間違いない。

「もうひとつ……何かこう、パンチの効いたものがほしいんだよねえ」

営業部の社員の独り言のようなつぶやきに、デザイナーのこめかみが痙攣《けいれん》するのを暁は見逃さなかった。「何かって何だ、具体的に言えや！」という心の叫びが、ＭＤの暁にはひしひしと伝わってくる。デザイナーがあえて口に出さないのは「それを考えるのがお前らの仕事だろ」と言い返されかねないからだ。

どちらの言い分も正しい。

どんな業界でも、制作現場と営業は相容《あいい》れない。

それはそれでいいと暁は思う。テリトリーの中で実感した本音や挑発によって切磋琢磨《せっさたくま》したほうが、慣れ合うよりも質の高い商品が出来上がるものだ。

もちろん、それは双方ともわかっている。ただ、ＭＤには調整役が回ってくることも多いので、なかなかしんどい。

案の定、暁は会議後、営業マンがいないところでデザイナー嬢に捕まった。鼻息荒い彼女をなだめ、ガス抜きのためにオフィス近くのカフェへ誘う。

「毎回毎回、判で押したように『パンチが効いたもの』って……お前に食らわせてやるわ！売れれば、手のひら返しするくせに……」

エレベーターの中でも、デザイナーの文句は止まらない。

「まあ、まあ……あ、ちょっとごめん」

タイミングよくメールの着信音が鳴ったので、さりげなく愚痴を避ける口実に使う。

妹の夕衣からだった。無意味な連絡は取りあわないので、平日の昼間に何だろう……と訝しむ。

（「真北繊維」の経営がヤバイらしい。もしかしたら倒産するかも……って噂《うわさ》）

いかにも兄妹同士の端的な文章の最後に、泣き顔の絵文字がくっついていた。

「え！　マジか！」

大声に、乗り合わせた人たちがビクッと動いた。

「あ、すいません……」

暁は周囲に向かって頭を下げた。

これは一大事である。確かに、平日の昼間に寄越すべき情報だった。

暁が信者というだけでなく、全国的に見れば知名度が低くても、故郷では「真北繊維」は有力な会社だ。経営破たんともなれば、多くの人々が職を失う。地方紙のニュースになってもおかしくない。

何より、「ＦＵＣＡＦＵＣＡ」が手に入らなくなる。技術も失われる——。

「どうかしたの？　緊急事態？」

どんよりと暗くなった暁を見て、デザイナー嬢が心配そうに尋ねる。

「うん、まあ……緊急だな。命に係わることじゃないけど……」

いや、と暁は思った。俺にとってはそれに等しい。いつか「FUCAFUCA」の生地を使ったコレクションが……などと、ぼんやり夢を描いている場合ではない。動かなければ。でも、どうやって？

「月島くん、降りないの？」

デザイナー嬢の声に、暁は動いた。しかし、閉まりかけたドアに挟まれてしまった。

「痛てて……」

遅きに失するとこうなるのだ――という神の啓示に思えた。そして、能城にSOSメールを送った。

＊＊＊＊＊

「えっ、真北さんが？」

その週の土曜の晩。石油ストーブの上のやかんが湯気《ゆげ》を吐き出している部屋で、哲狼は衝撃に満ちた声を上げた。

『FUCAFUCA』はどうなるんですか？」

「無くなるかもな」

ホットウィスキーをひと口すすり、暁はうなずく。

仲直りしてから、会うたびにふたりで少しずつルールを決めてきた。といっても、特別なものはあまりない。哲狼の特殊な体質から生じる問題点のチェックが大半《たいはん》だ。それも立川家の人々と決めたことや、暁が知っておいたほうがいいことの再確認が多い。

それでも暁からすれば、哲狼のリアクションや発想は驚きに満ちていた。「物知らず」と言ってしまうのは簡単だが、話が予想もしていない方向へ飛ぶので飽きない。飛んで、また飛んで……と追いかけているうちに、最初の話題が何だったのか、すっかり忘れてしまうことも少なくない。だが、その迷走が新鮮なのだ。

哲狼は哲狼で、隠し事が減ったせいでストレスも減り精神的に安定しているようだ。

そして今夜、立川の了承も得て、暁は改めて離れの部屋に泊まりにきた。その喜びに浸れるはずが、悲しいお知らせが待っていた――というわけだ。

「一大事じゃないですか！」

哲狼は叫んだ。

「そうなんだよ……」

ああ、わかってくれるのはお前だけだ……暁は涙が出そうになる。

そんな暁のそばにいざり、哲狼は両手を握り締めてくれた。

「暁さん、大好きな『ＦＵＣＡＦＵＣＡ』がなくなったら死んじゃいますよ！　そんなのは嫌です！」

死なねえし……いや、気分的には死にそうだが。

「はは……それはないけど」

「本当ですか？　約束しますか？」

「するよ」

哲狼の指を握り返し、目を見つめた。

「仮に『ＦＵＣＡＦＵＣＡ』がなくなっても、俺にはお前がいるから」

「……暁さん……」

哲狼の瞳が輝く。

ドラマや映画ならここで音楽が流れ、暖炉《だんろ》やキャンドルの揺らめきをバックにキスシーンに突入する。

残念ながらＢＧＭはしゅんしゅん……という湯の沸く音で、床の間の掛け軸は雪の中の狸《たぬき》の図だ。一番の問題は、哲狼にムードや雰囲気が理解できないことだった。

「でも、俺、ふかふかじゃないですよ？　もふもふのほうですよ？」

「今はどっちでもないじゃないか」

「あ、そうか、つるつるですね。もじゃもじゃのところもありますけど……」

哲狼は腕を上げ、脇の下あたりを眺めた。

「それはそれで興奮――っていう話じゃなくてだな……」

恋人にすらなっていないのに、ムードを求める自分が悪い。

「いいんだよ、テツはテツなんだから。言ってくれただろ？『ＦＵＣＡＦＵＣＡ』みたいな存在になりたいって……」

「はい」

「もう、なってるよ。タオルはいくらでもある。でも、テツは他にいない。他には替えられない存在なんだ」

暁としては、最大限の愛の告白のつもりだった。しかし、哲狼には伝わらなかったようだ。微妙な表情が顔に残っている。

「何？　不満？」

「ううん、嬉しいです。でも……暁さんの力になりたいんです。だけど、何をすればいいのかわからないし……俺はもふもふだし……」

何もしなくていい、俺のそばにいてくれればそれでいい。それは本音だったが、本人は納得できないらしい。それはつまり「お前には何もできない」と最初から言われているようなものだからだ。

同性だからこそわかる。雄《おす》には、思いや願いを何らかの形にしなければならないときがあるのだ。あるいは、犬が主人の命令に喜びを感じるようなものか。

「あの満月の晩、俺を抱き締めてくれただろ？」

言おうかどうしようか、迷い続けていたことを暁は話し始めた。

「はい」

大切な話だと雰囲気から感じ取ったのか、哲狼は真剣な顔つきになる。

「もふもふは好きじゃないって言ったけど、お前の毛は……気持ちよかった」

「え……本当に？」

「うん。あれがお前だと意識してたわけじゃないから、夢だと思ってたんだ。でも、すごく気持ちよくて……」

「もふもふですよ？」

「そうだよ。もふもふだけど……よかったんだよ！」

なぜか猛烈に恥ずかしくなって言い放ち、暁はウィスキーを飲んだ。

「暁さん、可愛いです」

哲狼の口から飛び出した誉め言葉に、暁はがく然とした。

「か、可愛い？　お前……誰に習ったんだよ、そんなお世辞」

「お世辞じゃないです。社長やママさんが翔や沙綾によく言うんです、『可愛いねえ』って。どういうときにそう言うのか、観察したんです。なんとなくわかってきて……今、暁さんを見てて感じたんです」

「いや、もう説明しなくていいから――」

「でも……いいんですよね、今のが『可愛い』で。間違ってますか？」

「知るか！」

「あと、俺のもふもふが気持ちいいのは当然だと思いますよ。本物ですからね」

自信が持てたのか、いつになく得意げに哲狼は続ける。

「暁さんがくれたパーカ、あの裏側のもふもふとは違います」

「裏側……ああ、ボアか」

なるほど、と暁は思った。あのとき訴えていた違和感は、自前との差だったらしい。だが、それを打ち明けられず、歯切れの悪い感じになったのだろう。

見せるわけにはいかない。しかし、自分をアピールしたい……複雑な自尊心も、成長の証なのかもしれない。

「テツにも手伝えること、あるぞ」

そう言うと、哲狼は顔を明るくした。

「何ですか？」

「その……怒らないでほしいんだが……もふもふになって、もう一度、俺を抱き締めてくれないかと……」

恐怖を感じて逃げ出したことを考えれば、図々《ずうずう》しいにもほどがある。だが、暁は思い切って言った。

「え……どうして……気持ちいいからですか？」

「そうだ。お前の毛は、他の毛皮とちょっと違うんだ。俺は今、『ＦＵＣＡＦＵＣＡ』をなんとか残せないかと思ってる。そのためには真北さんが儲からなければならない……わかるか？」

「はい、わかる……と思います。『ＦＵＣＡＦＵＣＡ』以外にも、売れる商品を作るってことですよね」

「そうだ」

コットンも毛皮も天然のものだ。偽物とは圧倒的な差がある。だが、同じ天然でも「真北織維」で毛皮は扱えない。そこでオーガニックのフェイク——毛皮のような肌触りの織維を、絹《きぬ》やコットンで作れないかと思ったのだ。

ベルベットとファーの中間のようなものを暁はイメージしていた。ベルベットより高級感はあるが、ファーよりも柔らかく、シルクやカシミアよりも温かみがある……目指すは「FUCAFUCA」と哲狼の毛の感触の融合だ。そんなものができたら——。

「それができれば、真北さんは助かるんですか?」

「助かるどころか、世界中が驚くよ——多分」

「はあ……」

世界まで話を広げたら、かえって捉えにくくなったらしい。暁は慌てて規模を「真北織維」だけに戻す。

「もちろん、大助かりだ。社員も社員の家族も喜んでくれる」

「すごいですね!」

「正直、簡単な話じゃないと思う。そういう繊維を開発するのに時間と金がかかるから。そもそも、真北さんから助けてくれと言われたわけじゃないし、何も頼まれてない。俺が勝手に考えたことなんだ。でも——」

「好きだから力になりたい……そういうことですよね」

「そのためにお前の力を借りたいっていうのは、俺の傲慢《ごうまん》だとわかってる」

暁は自嘲気味に笑う。

「でも、こんなことを思いついたのは、お前のもふもふを知ったからなんだ。他のもふもふとも『FUCAFUCA』とも違う……ずっと触れていたかった。だから、新しい生地の参考にしたい——というか、もっと研究したいんだ。お前をいじめるつもりはこれっぽっちもない」

哲狼は黙り込んだ。暁の話が理解できなかったのではなく、噛み砕いてじっくり考えているようだ。

間が空くにつれ、暁の中に罪悪感が広がっていく。怖がらせるつもりはなかったと泣いた哲狼に対し、自分への好意を盾《たて》に無理強いするのは酷だろう。

それに研究心と言いながら、そこに欲望があることは否定できない。例え哲狼に気づかれなくても、自分は知っている。

「すまん、聞かなかったことに——」

「約束をしてくれるなら……いいですよ」

「約束？」

「目を閉じて、絶対に姿を見ないでほしいんです。変わるところも、変わった後も」

「それなら大丈夫だ。肌で感じたいだけだから。でも、そんなことでいいのか？　無理しなくていいんだぞ」

哲狼は「無理してません」と首を横に振った。

「俺は……服のことも商売のこともよくわかっていません。でも、好きだから……っていうのはわかります。俺もそうだから。暁さんのこと、好きだから」

「……テツ……」

まっすぐな思いを言葉にされ、暁は胸が痛くなった。だが、「好き」と言われると期待してしまうのが性《さが》である。それが「翔が好き」と同じ意味だとわかっていても。

「それって、すごく強いと思います」

シンプルなものほど強い。それは哲狼そのものなのかもしれない。

哲狼の優しさを受け入れたい。優しさに甘えたい。

「わかった、約束するよ。タオルやハンカチで目を覆ってもいい」

「そこまでしなくていいです。あ、あと……服を脱いでください」

「え？」

「だって、俺は裸なんですよ。暁さんも裸にならなきゃ、不公平じゃないですか」

「う……」

今度はふくれっ面が登場した。可愛い。

今夜だけで、一体いくつの新しい哲狼に出会ったのだろう。この愛おしさには勝てない。

「……わかった、脱ぐよ。頼みをきいてもらうんだしな」

機嫌が直ったのか、哲狼は嬉しそうに微笑んだ。

準備のために丸座卓の上を片づけ、場所を空けて布団を敷く。真北さんのために、哲狼の力を借りる――と言い聞かせても、暁にとってはセクシャルなシチュエーションであることに変わりはない。

そういえば、哲狼はどうなのか。女の子に興味はないと断言していたが……。

「テツ」

ふたりでシーツの両端を引っ張って敷布団を包みながら、暁は声をかけた。

「お前さ……」

「はい」

「……童貞？」

哲狼は首を傾げた。

「……何ですか、それ」

予想どおりの反応だった。嬉しいような、困るような……いや、質問の仕方が悪かったのかもしれない。しかし、狼と人間のどちらの「平均」で考えればいいのか。

「えーと……このプロジェクトの秘密の合言葉。誰にも言うなよ」

立川家の人々に質問されても困るので、咄嗟《とっさ》に嘘をつく。哲狼の顔が輝いた。

「あっ、はい！　約束します。童貞、童貞……忘れないようにしなきゃ……」

確か、狼の寿命は十五年ほどだ。つまり哲狼の肉体は、人の遺伝子が優っていると見ていいだろう。

狼が性的に成熟するのは、生後二年あたりから……とインターネット上の資料にはあった。人の寿命を七十五年として当てはめると、精通があるのは十歳ぐらいという計算になる。人とほぼ同じだ。童貞かどうかは別にして、性交は可能だと考えていいはずだ。

ちなみに繁殖期は冬。年に一度らしい。

なんてもったいない。しかし、哲狼の肉体は、もうすでに人の遺伝子が――。

「暁さん、挑戦しましょう、童貞！」

哲狼が服を脱ぎ始めた。合言葉が効いたのか、俄然《がぜん》、やる気になったらしい。

「え、ちょ……っと待った！　明かり消していいかな」

「明かり……ですか？」

「その方が見えなくていいだろ？」

「俺はよく見えます」

「あ、そうか。いや、俺は見えにくい。大事なのはそこだろ？」

「そうですね」

豆電球を点《つ》け、暁は服を脱ぐ。真っ赤なボクサーショーツに手をかけたとき、さすがにこれはいいだろうとそのままにする。

そして哲狼のほうに背を向け、敷布団に横たわった。目を閉じ、初体験以上のときめきに、後ろめたさを感じながら待つ。

だが、それまで聞いたことのない音に緊張が走った。静かな、荒い吐息。羽音《はおと》にも似た低い唸りが闇を震わせ、凍り付かせる。

暁は耳を塞《ふさ》ぎたくなったが、ぐっとこらえた。哲狼に無理強いをしたのだから、その様子は見なくとも、この空間を共有するべきだと思ったのだ。

最初で最後にしよう——そう思ったとき、重苦しい空気がふっと和らぎ、あの滑らかな感触が背中を覆った。あっという間に全身を包み込まれ、喉がわななく。

毛はまるで波のように揺らめいて、暁を恍惚の海へと誘った。そうかと思えば一本一本が肌を刺し、蠢《うごめ》きながら皮膚の下へと潜り込もうとする。

「う……」

胴に回された腕の毛で乳首を舐《な》めるように撫でられ、声が漏れてしまった。

「テ、ツ……」

心地良さ以上の圧倒的な快感に、暁は酔い痴《し》れた。哲狼が動くたびに、悦びがざわめきとなって肌の上を滑っていくのだ。抗えず、暁は勃起《ぼっき》する。

それに気づいたのか、それとも偶然か、哲狼の指先の鋭い爪が暁の赤い下着を裂いた。毛に覆われた足が暁の両脚を割って、無防備な股間に差し入れられる。

「は……」

露《あらわ》になった分身、会陰《えいん》までもが毛に包まれ、暁は愉悦《ゆえつ》に身悶《みもだ》えた。「FUCAFUCA」での自慰《じい》の比ではない。

我慢できず、目を閉じたまま身体を反転させ、下腹部を哲狼に押しつけた。すると意志があるかのように、毛が乳首や分身に絡みついた。乳輪《にゅうりん》を愛撫《あいぶ》し、括れに巻きつき、鈴口を出入りする。

強烈な愉悦に暁はのけぞった。

「……あ、あ……っ……！」

声が抑え切れず、羞恥《しゅうち》に顔が火照《ほて》る。逞しい両腕に抱き締められ、暁は哲狼の毛の中に埋もれていく。

捕食、という単語が浮かんだ。だが、そこには残虐《ざんぎゃく》さも痛みもなかった。哲狼に飲み込まれ、歓喜と一体化するイメージに細胞がわななく。

「あ……イく……」

めくるめく悦びに全身を犯され、脳裏が真っ赤に染まった。

刺すような絶頂感が過ぎると、痺《しび》れが残る肌を包む毛の感触は、艶《つや》めかしくも柔らかなものにゆるゆると変わっていく。その蕩けるような温もりに暁は陶然《とうぜん》となった。動きたくない、どこへも行きたくない。このまま溶けて、テツの中に流れていってしまいたい……。

しかし、その願望は哲狼の身体の変化に伴って失われてしまった。潮が引くように、毛が消えていったのだ。

よく知っている人肌の感触だ、と思った途端、哲狼の皮膚がぬめった。一気に汗が噴き出し、顎や首筋から滴り落ちて暁の身体を湿らせる。

「……テツ……？」

大丈夫かと声をかける前に暁の身体は抱擁から解放され、布団の上に四つん這いにされた。哲狼が背後から覆い被さる。あっと言う間の出来事だった。

「テツ、何――」

吐き出した体液が残る会陰に、張り詰めたモノが当たった。ペニス、という表現がしっくりくるような大きさ、硬さ、長さだ。

暁は哲狼の行動の意図に気づいた。犯される——!

「ま、待って……」

目を開いて身構えたが、ペニスは奥の孔《あな》ではなく、暁の内腿《うちもも》の間に押し込まれただけだった。

素股《すまた》なのか、目測を誤っただけなのか。欲情したなら、お互い様だ。しかし、とにかく落ち着かせたい。

「テツ、ヤりたいならちゃんと——」

「……ウ……ゥ……」

熱い迸《ほとばし》りが、敷布団についた暁の手首に飛び散った。暁の内腿で二、三度こすっただけで、あっけなく哲狼は果ててしまったらしい。

「え?」

しかも、ふっと息を軽く吐いただけで、哲狼は暁から離れてしまった。

「え?」

余韻《よいん》を味わう間も体力の消耗もないのか、哲狼は暁の身体をひょいっと抱き上げた。

「テ、テツ、何っ……?」

「すいません、片づける間、シャワー浴びててください」

哲狼は何もなかったような顔で言い、全裸のまま、慌てる暁をバスルームへ運び、また全裸で行ってしまった。

残された暁は茫然《ぼうぜん》と立ち尽くす。何もかもがスピーディで、夢でも見ていたのだろうかと思う。だが、足元に落ちている、あるいは肌のそこここについている獣の毛と体液の跡が、現実だと物語っていた。

タオルをまとって戻ると全裸の哲狼が待っており、入れ替わりにバスルームへ行ってしまった。

部屋は……というと、乱れた布団がきちんと敷き直されていた。シーツは新しいものに替えられ、抜け落ちた毛も見当たらない。サンプルとして少しもらっていきたいな……とゴミ箱の中を覗くと、破れた真っ赤なボクサーショーツが入っていた。なぜか暁は猛烈な羞恥に襲われ、サンプル採集を諦めた。

ルームウェアのスウェット上下を身に着けて待っていると、パジャマ姿の哲狼が戻ってきた。

「早いな」

「流しただけだから……汗、嫌いなんですよ。ベタベタ、ぬるぬるして」

狼には汗腺《かんせん》がないからか。

いや、そんなことよりも――。

「あの……ごめんな」

布団の上で正座《せいざ》し、暁は言った。哲狼も目の前で正座する。まるで、昔の映画やドラマで観た新婚初夜だ。

「何が？」

「いろいろ……苦しそうだったけど、大丈夫なのか？　見てないけど、声とか聞こえたから……」

哲狼は肩をすくめる。

「最初だけです。変わろう！と思って変わることって、滅多にないから……力も要るし、中から裂けるみたいな感じがします」

「うわ……聞いてるだけで痛くなってくるな……」

暁は腕を交差させ、手で二の腕をさする。

「そうでもないですよ。服を脱ぐのに近いです」

「ああ……」

哲狼は少し心配そうな表情になった。

「あの……ちょっと思ったことがあって……言ってもいいですか？」

「いいよ。何？」

「もふもふ状態になるのは、ずっと嫌だと思ってたんです。じいちゃんたちにもダメだって言われてたし、社長にも気をつけろって言われてるし……でも、さっき変身したとき、なんか……楽だったんです」

「楽？」

「気持ちが楽っていうか……無理してないっていうか……」

「解放感があった？」

「あ、そう、それです！」

本来の姿に戻れた、ということかもしれない。

「確かに、全裸になると気分がいいよな」

「暁さんも同じですか？」

「うん」

哲狼は安堵の表情を浮かべた。

「暁さんのおかげです。っていうか、暁さんを抱き締めていたから、そんなふうに思えたんです。きっとそうです」

「テツ……」

「ふかふかでも、もふもふでもどっちでもいいけど、それが好きっていう暁さんの気持ちがわかりました。暁さんが、俺のもふもふなのかも……」

「俺ももふもふしてるか？」

違うことは承知の上で、からかってみる。

「あっ、違います。そういう意味じゃないんです。好きが同じって意味です。多分……ですけど……」

「わかってるよ」

たどたどしい、しかし率直な愛情表現に暁の胸は熱くなった。

「暁さんはつるつるしてます。だけど、抱き締めやすいです。翔や沙綾みたいに柔らかくなくて、硬いんだけど……なんか、その感じも好きっていうか……」

哲狼は顔を上気させ、もじもじと身体を揺する。

「匂いも好きです」

「ああ、スマホを探してもらったときも匂いが活躍したな」

「あのときの匂いとは違うんです。もっと濃いっていうか……甘い匂いでした。何かの花みたいな……」

「そ、そうか」

どうやら祖父母は、性教育までは手が回らなかったらしい。俺が施してやったほうがいいのだろうか――。

「変身のことだけじゃなくて、その……すまなかった、あんなふうになって……」

暁は布団に頭をこすりつけた。

「別にいいですよ。俺も出しちゃったし……」

あんなふう、の意味は通じたらしい。まったく気にしていないような声に、暁は頭を上げた。他の些細《ささい》なことに、いちいち敏感に反応する哲狼らしくないと思ったのだ。

「いや、でも……」

「冬だから、仕方ないです」

「冬？」

哲狼はこっくりうなずいた。

「冬が来ると硬くなって、大きくなりやすいじゃないですか」

「冬……だから？」

「そうです。だから、暁さんも出しちゃったんでしょう？」

暁は懸命に考える。そして、思い出した。

狼の繁殖期は――冬だ。

「あのさ、テツ……人間の繁殖期は、一年中なんだ……」

ぽかんとした後、哲狼は声にならない叫びを上げた。総毛立《そうけだ》つ、という表現がぴったりだった――変身しなかったが。

「本当に？　そんなに？」

やはり知らなかったのだ。

「一年中……ずっと？」

「うん」

「なんで？」

「なんでって……」

快楽を知ったからじゃないかな、と暁は考える。もともとは繁殖のため、子孫を残すためだが、いつの間にか手段と目的の比率が逆転してしまったのではないか。

「妄想だけで欲情し、身体に変化が起こるのは人間だけである」と何かの本で読んだ。しかし、その欲望が人間に想像力や知恵《ちえ》、発見を与え、発展してきたのだとも。

「春も夏も秋も？　交わりたくなって、硬くなって、出すんですか？」

「あの……そうなんだ。なんか……ごめん」

妙に申し訳ない気持ちになり、人類を代表して暁は謝る。

「一年中……」

哲狼はしばらく暁を見つめ、ぽつんとつぶやいた。

「気持ち悪い……」

7

「パイル地だけのブランド？」

「うん」

「いやいや、常識的に考えて無理でしょう」

植田は半笑いで答えた。年始セールの打ち合わせのために直営店へ向かう道すがら、さりげなく漏らした企画に対する反応である。

予想はついた。いや、今までの暁なら、植田のように笑っただろう。誰もが同じ反応を示すので、気にしても仕方がない。生地開発という大それた能城の提案を出したら、もっと変人扱いされるに決まっているので、それは明かさないでおく。

とはいえ、半笑いは腹が立つ。

「じゃあ聞くが、常識ってなんだ？　お前の思い込みなんじゃないか？」

「えー……屁理屈ですよ。つか、大衆《たいしゅう》の思い込みが常識でしょう」

「大衆が間違ってることもある。歴史上、常識が覆されるところに人類の大きな転換点があった。コペルニクス、ガリレオ、ニュートン、ダーウィン……」

「その壮大な例に、パイル地のブランドも加わるわけですか……すげぇ！　月島さん、天才！」

爆笑する植田の横で、暁は哲狼のことを思い出す。

一年中、繁殖するなんて気持ちが悪い——あれは衝撃的な発言だった。しかし、生態や常識が違えば価値観は変わる。何より、哲狼の存在そのものが常識の外にあるのだ。

正否ではなく、常識に囚われることは視野を狭くする。それを哲狼から、改めて教えられた。覆《くつがえ》すのは難しいかもしれないが、だからといって、ひらめきや情熱を捨ててしまうのはつまらない。

「天才とか関係ないよ。俺は……」

自分が愛するものを大切にしたいだけなんだ、と胸の中でつぶやいた。

誰にも理解されなくてもいい。哲狼が俺を信じてくれるなら、哲狼を裏切らずにいられるなら、それでいい。その方法はまだ、見つかっていないが。

「やってみたいだけだし、やってみようと思ってるだけだ。俺が諦めなきゃ、常識は覆せるかもしれない。いつだってやめられるんだ、自分から先に諦めることはないだろ。誰かに迷惑かけるわけじゃないしな」

「なんか……変わりましたね、月島さん」

笑うのをやめ、植田は真面目な口調に戻って言った。

「そうか？」

「ええ。何かあったんですか？　あ、能城さんのこととか？」

能城が別のアパレル企業に転職することは、すでに社内に知れ渡っていた。

「……まあ、それもある。でも……季節と共に服装は変わって、流行も目まぐるしく変わるだろ？　周りがあまりに早く変化するから気づかないだけで、人の中身も、本当はどんどん変わっていってるんだよ。52週が過ぎて、ひとつ歳を取る前にもさ」

植田は目を丸くした。

「……そ……そうですね」

「もったいないと思ったんだ。それに気づかず、いろんなものを見逃すのは」

「はあ……」

何か感じたのか、植田は地面を見つめてつぶやいた。

「……俺も年が明けたら、何か新しいことを始めようかなあ……」

＊＊＊＊＊

大き目のスポーツバッグを肩から下げてやってきた哲狼は、玄関で顔を綻《ほころ》ばせた。

「ドキドキします」

赤穂浪士《あこうろうし》の吉良《きら》邸討ち入りも過ぎた十二月のある晩、暁は哲狼を部屋に招いた。すでに何度か遊びにきてはいたが、今日は特別だ。一泊するのだ。「初めてのお泊り」である。それも、哲狼たっての要望だった。

「眠れるかなあ……」

仕事で会社に泊まることはあっても、「特に目的もなく他人の家に泊まる」という経験は初めてらしく、いつもよりテンションが高い。

「泊まりたい」というメールが哲狼から届いたのは、「気持ち悪い」発言の翌日だった。繁殖行為に対する価値観は違っても、自分を慕う哲狼の気持ちに変わりはないと知って安堵した暁は、年の瀬の忙しい中、無理をして時間を作ったのだ。

もちろん、上手くいったら、童貞脱出も……などと甘い期待も抱いてしまう。そのためには「ＦＵＣＡＦＵＣＡ」のタオルだけでなく、タオルケットやバスローブも総動員で誘惑――もとい、もてなす準備をした。

「荷物、多いな。うちでキャンプでもするのか？」

からかう暁をものともせず、哲狼はバッグから透明のビニール袋を出して見せた。中に入っているのはナッツやチーズ、サラミなどのおつまみのようだ。柿の種もある。

「なんだ、それ……」

「社長に『おやつは五百円まで』って言われたんですけど、よくわからないって言ったら、パパさんが『大人のおやつ』って言って作ってくれたんです」

あまりに得意げなので、暁は噴き出してしまった。

「へえ、よかったな」

「はい」

気をよくしたのか、哲狼は続けてランチバッグを取り出し、フードコンテナとタッパーをダイニングテーブルに載せた。

「ママさんはお弁当を作ってくれました。暁さんと食べてってって……」

フードコンテナに入っているのは熱々《あつあつ》のクリームシチューだった。タッパーの中身は、唐揚《からあ》げや卵焼きなどの惣菜《そうざい》と牛肉の巻き寿司だ。よく見ると、巻き寿司は犬の肉球の模様になっている。これも流行りのキャラクター弁当になるのだろうか。

ここまで来たら、もうわかる。勘違いでも誤解でもなく、立川家全員が哲狼の「初めてのお泊り」にノリノリなのだ。

「これは手が込んでるな」

「はい。あと、翔が乗り物図鑑を貸してくれて――」

「テツ、せっかくだから、とりあえず弁当を食べよう。寒かっただろ？」

バッグの中身をすべて出す勢いだったので、暁は哲狼を止めた。

「あ、はい」

「可愛くて食べるのがもったいない」と言いながら、ふたりで肉球巻き寿司をあっという間にたいらげた。すぐに「大人のおやつ」もテーブルに広げ、暁はワイン、哲狼はノンアルコールビールを飲みつつ、仕事であんなことがあった、こんな人に会った……とたわいない近況で盛り上がる。

しばらくしてから、哲狼がリボンのかかった袋を暁に差し出した。ラッピングの色からして、クリスマスギフトのようだ。

「俺に？」

「はい。いつももらってばかりなので……」

いつも、と言っても哲狼に贈ったのはタオルと絵本、パーカだけで、他は立川家向けの手土産だ。だが、用意してくれたその気持ちが嬉しい。

「ありがとう」と言って、暁はラッピングを解く。

出てきたのは、甲部分に犬の顔がついた赤いスリッパだった。それも普通のスリッパではなく、裏側がモップになっている。履いてフローリングを歩くと埃が取れる、という便利グッズだ。

「これは……」

暁は笑い出した。

「知ってますか?」

「知ってるよ。履くだけで掃除ができるんだろ?」

「何にしようか、すごく迷ったんです。服は暁さんの専門だし、良い物は高いから、俺にはとても買えないし……それで……」

「清掃会社勤務だから、掃除グッズ――ってこと?」

暁の指摘《してき》に、哲狼は「やった!」とばかりに万歳をした。

「そうです! 暁さんならわかってくれると思ってました」

あまりのいじらしさに、暁は目を細める。

「わかるよ。それがきっかけで知りあったんだからな」

「何でもいいけど、絶対に赤い物にしようって決めてたんです。そしたら犬の顔がついたヤツがあったんで、これしかない！って。それで裏側にモップを貼りつけて――」

「え、これ、テツの手作りなのか？」

「スリッパは作ってないです。モップも作ってないです。合体させたんです」

そこまでは気づかなかった。慌ててひっくり返してよく見ると、張り合わせ部分に接着剤らしきものがはみ出していた。

「そのモップ、会社で使ってるものなんです。だからプロ仕様。安く売ってもらって、ママさんに相談しながら作りました」

「テツ……すごいよ」

暁は感激する。哲狼は照れくさそうに首を横に振った。

「大したことないです。切って、貼っただけです」

早速、履いてみた。多少、足の裏がごろごろするが、歩くのに問題はない。それに裏があるせいか、暖かい。

「いいよ、これ。もふもふならぬ、もこもこだな」

フィギュアスケーターを真似《まね》て、おどけてフローリングを滑《すべ》るように動いてみせる暁に、哲狼は笑った。

「似合ってます。暁さんには赤が似合います」

「ありがとう。大事に使うよ。テツが俺のために作ってくれた、世界でひとつしかないモップスリッパだからな」

近況報告もプレゼント披露も済んだので、テーブルを片づけてリビングに移動した。

哲狼の「外泊」が目的なので、特に大きなイベントは設定していない。暁の中には「もふもふしたい」という密かな欲望はあったが、そこは胸に秘めておこうと決意する。

「クリスマスプレゼント、テツは何かほしいものはある？」

皿やタッパーなどをシンクに運び、並んで洗い物をしながら暁は聞いた。

「特にないです。こうやって一緒に遊べれば……」

「それはそれ、クリスマスはクリスマスだ。何がいい？　遠慮しなくていいぞ」

「ええと、じゃあ……クリスマスじゃなくてもいいんで、一緒にどこかへ行きたいです」

「旅行？」

意外なリクエストだった。今夜のことと言い、これも変化のひとつなのだろうか。

「いいよ。希望はある？　温泉とか、飯が美味いところとか……」

「暁さんが育ったところが見たいです」

「うち？　そりゃいいけど……特に何もないところだぞ」

「真北さんの会社があるんでしょう？」

「ああ……頼めば見学できると思うけど……聞いてみようか？」

哲狼はうなずいた。

「『ＦＵＣＡＦＵＣＡ』ができるところが見たいです。あと、暁さんのお母さんにも会いたいです」

「え……」

親に会いたい……他意はないとわかっていても、ドギマギしてしまった。結婚の挨拶《あいさつ》でもすんのか――いや、ないな。

それでも、心は伝わる。ああ、やっぱり今夜、なんとしてでも――。

「わかった。俺も真北さんに仕事の相談をしにいくつもりだったから、スケジュールを合わせよう」

「お母さんのスケジュールも」

「了解」

洗い物を終えた後、暁は床の濡れている部分を早速、モップスリッパで拭いた。

「便利だなあ、これ」

顔を見合わせ、ふたりで笑う。

「何かを作るのって楽しいですね。暁さんがもふもふの服を作りたいって気持ち、ちょっとわかりました。だから……」

突然、哲狼に抱き締められる。

「テツ……」

「また……協力したいです。変身します」

辛くないか、気持ち悪くないのか、繁殖期だから盛っているのか……様々な惑《まど》いが暁の胸を渦巻く。しかし、哲狼への想いがそれらを蹴散らした。

もう、我慢できない。

「テツ……好きだ」

暁は哲狼の頬を両手で包み、唇を奪った。すぐに離れたが、哲狼は身動きひとつせず、暁を見下ろしている。

「……俺も好きですけど……」

特別な感慨もなさそうに哲狼は言った。知らなかったの？という感じだ。

「今の、何ですか？」

「え……キス、だけど……」

「好き？」

「いや、キス。好き合ってる人同士でするんだよ」

ああ、と哲狼は微笑んだ。

「ママさんがよく翔や沙綾にしてます。翔も俺にしてくれます。でも、ほっぺですよ」

そうか、キスも知らなかったか——怯みそうになる気持ちをぐっとこらえ、暁は説明を試みる。

「その好きとちょっと違うんだ。美弥さんと誠一さんの間の好き……と同じだな。哲狼は美弥さんや誠一さんのことが好きでも、キスはしないだろ？」

「……言われてみれば……」

狼は番《つが》いの相手を変えないはずだ。それを知識として教えられているか、本能で知っているかはわからないが。

「動物は繁殖のために、相手を見つけるだろ？　人間もそうだ。その相手は特別で……『好き』も特別なんだ。同じ『好き』は存在しないし、他の人にキスするのもダメだ」

身体だけの関係を求めたり、永続的なパートナーシップを面倒臭がってきた男が純愛を説くなんておこがましい。汗が出てくる。しかし、暁は必死だった。

「好きな人は沢山いる。俺だって立川さんや美弥さんたちが好きだ。でも、俺にとってテツへの『好き』は特別なものなんだ。他とは違う。このモップスリッパみたいに、世界でたったひとつしかないものなんだ」

言いながら、襟を正すような清々《すがすが》しい気分になっていく。

「テツと一緒にいると、もっと立派な男にならなきゃいけないって思う。テツはそう思わせてくれる」

「俺と……繁殖したいってことですか？」

繁殖したい——そんな口説き文句は初めてだった。ストレートなのか遠回しなのかよくわからないが、暁の欲望のボルテージは確実に上がった。

「そ、そうだ。実際に繁殖はできないけど……そういう相手だと思ってるし、テツにもそう思ってほしい。唇にするキスは、そういう意味なんだ」

哲狼の目がらんらんと輝いた。

「特別な『好き』はまだちょっとよくわからないけど、暁さんは大事な人です。社長さんやママさんも俺のこと、わかってくれるけど、そういうのとは少し違ってて……ずっと一緒にいたい、ふたりでいたいって思います。暁さんに誉められたいし、暁さんみたいになりたい。だから繁殖したい。沢山、沢山、繁殖したい。暁さんとなら、気持ち悪くないです」

　精一杯の愛情表現に、暁は感激する。

「じゃ、頼みを聞いてくれないかな。キスしたり、ゆっくり触り合ったり……そういうことをしたいんだ。特別な『好き』同士は、みんなそうする」

「もふもふとか、ふかふかみたいに？」

「そうだ。俺の身体、つるつるで抱き締めやすいって言ってただろ？」

　哲狼は素直にうなずく。

「はい。でも俺……すぐ出したくなっちゃうから――」

　言うが早いか、哲狼は再びガバッと暁を抱き締め、下腹部を押しつけて乱暴に動かし始めたではないか。

「うわ、テツ、ちょっと待って……！」

　暁は哲狼の身体を押しのけようとする。

「……ッ……」

　低く唸ったかと思うと、哲狼は恍惚の表情を浮かべて目を閉じた。

「え……」

　どうにか成功したが、その前に哲狼も「繁殖」に成功したらしい。

「はー……」

「で……出た？」

「あ、はい。汗も……シャワー借りていいですか？　その後、協力します。童貞作戦、ですよね」

「うん……」

まだ童貞だから、間違ってない。悪びれないので、責めるわけにもいかない。というより、責める理由が見つからない。

動物にとって性交は繁殖の手段だ。快楽の定義がないので、踏むべき手順もない。子どもができればそれでいいのだ。危険の多い自然の中で生き抜くには、性交に時間をかける余裕などないし、一発百中が必至だろう。愛だの恋だの関係ないし、キスも感情も重要ではない。

哲狼は本来、動物のあるべき姿に忠実に生きている。それがオスの本能であり、生理なのだ。暁も若ければ納得できたろう。実際、多くの男の中にはそれが残っている。喜んで受け入れるべきだとも思う。

だが、その一方でこうも考える。哲狼は、かつて暁が求めた「都合のいい相手」ではないのだと。

「好き」どころの話じゃない。俺はテツを「愛してる」んだ。これほどまでに愛おしい男はいない。だからこそ、こっちの生き方に無理に沿わせようとすることにエゴを感じてしまう。でも、我慢にも限界がある。欲しくてたまらない――。

「さっぱりしました。ありがとうございます」

寝室に客用の布団と「ＦＵＣＡＦＵＣＡ」のタオルケットを用意していると、「ミスターすっきり」という顔で哲狼が入ってきた。全裸で、腰にバスタオルを巻いただけの姿だった。いつも思うが、目のやり場に困ると感じる隙を与えないほど美しい裸体だ。

「……あ、それがタオルケットですか？」

「うん。寝てみろよ」

「はい」

哲狼は濡れた髪のまま、タオルケットの上にごろんと横たわった。

「うわあ……ふかふか……」

腰のタオルがはだけ、臀部から脚へのラインがのぞく。上半身に負けず劣らず引き締まっている。特にハムストリングの見事さは垂涎《すいぜん》だ。エゴはよくないが、たまらない。

「気持ちいいだろ？」

「はい」

哲狼は横になったまま、暁に向かって手を差し伸べた。

「暁さんも……」

セックスアピール満点の狼が誘っている。

ふと、童話「赤ずきん」のセリフの改変が浮かんだ。

(お兄さんの身体がそんなに逞しいのはなぜ?)

(それはね、お前を満足させてやりたいからだよ)

「暁さん?」

「あ……はい……」

暁は明かりを消し、急いで服を脱ぎ捨て、タオルケットに寝転がる。変身を見ないように……と背を向けたのだが、肩を軽く叩かれたので身体を反転させる。

「何?」

「キスしたり、触りあ合ったりするんでしょう?　頼んだじゃないですか」

「あ……ああ、そうか」

「もふもふはその後でいいですか?」

「うん」

どこまで素直なんだと感激しつつ、暁は哲狼の首に腕を回し、再び唇を重ねた。マッサージするように柔らかく押し当てると、哲狼も真似をする。

「少し、開けて……」

上唇を甘噛《あまが》みしながら、舌を入れた。犬歯が軽く刺さったが、それも気持ちいい。

「ん……」

下唇を吸ったり、舌で舌をなぞったりしていると、哲狼にもキスのよさがわかってきたらしい。

「……気持ちいいですね、これ」

「だろ？」

「俺もやっていいですか？」

暁が唇を開くと、すぐに哲狼の舌がもぐり込んできた。身体が火照り、汗がじんわりと滲み出る。

「テツ……上手だ……」

あえぐように求め、逞しい胸にしなだれかかる。哲狼はコツを掴んだのか、舌を大きく動かし始めた。唾液の濡れる音が隠微に響き……響き……響き……。

「……テツ、待っ――」

哲狼の舌は唇の中からはみ出し、頬や顎にまで及んだ。これはキスではない。舐めているだけだ。そう、犬のように。

「待った！」

鋭く命じると、哲狼は動きを止めた。

「それは……キスじゃない」

「舐めるんじゃないんですか？」

「それはそれで好きだが、もっと、こう……重ねたり、吸ったりするんだ」

「すいません。美味しくて、つい……」

「確かに、キスは美味しい。でも――」

「ああ、そうじゃなくて、暁さんの唾液が美味しいんです」

闇の中でも、哲狼が嬉しそうに笑っているのがわかった。

「汗も……すごく美味しいです」

と、哲狼は暁の首筋に唇を寄せて舐め出した。

「テツ……」

また反射的に止めようとしてしまったが、踏み止まる。

――いや、これはいいんだ。

哲狼の舌は大胆に暁の皮膚の上を走った。興奮による火照りが体内に残るアルコールを呼び覚ますのか、汗はそこここから噴き出した。それを追って、舌は顎からうなじへと逸れたかと思うと、首筋を鎖骨《さこつ》まで駆け下りる。

「……あ……」

「美味しい……」

つぶやきながら、哲狼の舌は脇の下、そして乳首へと及んだ。

「あ、あ……っ……！」

痺れるような快感に、暁は指を哲狼の髪に絡め、胸に引き寄せる。

「小さいの……コリコリしてる……」

「……は、あ……っ……」

乳首から乳輪までを力強く覆われ、腰が揺れてしまう。

「痛くない？」

暁は首を横に振った。充血して感じやすくなってはいるが、やめてほしくない。

「いい……もっと……」

だが、哲狼の舌は汗を追って臍、そして鼠蹊部《そけいぶ》へと降りていった。

「テ、テツ……」

もういいという思いと、続けてほしいという思いを交錯させながら、哲狼の動きに身を委ねる。

果たして、雄々しくも淫靡《いんび》な舌は、先走りの露を湛《たた》えた暁の分身の先端にたどり着いた。

ぺろりと舐め、荒い吐息が言う。

「これ、美味しい……汗より……」

「……ッ……！」

むしゃぶりつくように哲狼に頬張られ、息が止まった。

ふと懸念が生じ、そっと囁く。

「テツ、噛まない、で……」

「……ん……」

口に含んだまま、哲狼はうなずいた。

「……ああ……すご、い……っ……」

これまでつきあったどの男よりも長く、分厚い舌だった。表面のざらつきも硬く、小刻みに刺すような刺激がたまらない。

「あ……あ、あ……それ——ダメだ、それ、それ……っ……！」

歯を立てないように気をつけているらしいが、長い犬歯は引っ込められない。それが敏感な先端や括れを掠め、甘美《かんび》な愉悦に溺れそうになる。

「暁さん……もっと出して……これ、美味しい……大好き――」

根元を指で支え、哲狼は亀頭《きとう》を吸い始めた。

「そんな……っ……先は……っ」

性戯《せいぎ》という認識がない上、暁の体液が好みの味らしく、振る舞いが傍若無人《ぼうじゃくぶじん》になる。

しかし、それが暁に耐え難いほどの快感を与えてくれた。

「テッ……あ、もう……イきそう――出る……ッ――」

喉の奥まで深く咥《くわ》え込まれ、甘ったるい衝動に腰が軋《きし》む。暁は両腿で哲狼の頭を挟みつけ、絶頂に身を任せた。

普通はそこでほっと息をつけるはずだが、どうやら精液も美味だったらしい。射精が治まっても、哲狼は名残惜《なごりお》し気に握ったり、舐めたりを続ける。おかげで暁は悶絶《もんぜつ》する羽目になった。

「……もう、離せ……っ――」

「終わりですか？　もっと出して……もっと飲みたい。さっきのより美味しいです」

絞るように根元から扱き上げられ、暁はのけぞりながら懇願する。

「もう出ない、もう出ないって！」

「そうですか？」と哲狼は鈴口をぺろりと舐めた。

「あ、ちょっと出た。まだ出ますよ、きっと――」

「テツ、やめ……ッ――」

結局、哲狼は暁が二度目の射精を迎えるまで、分身を離さなかった。


「大丈夫ですか？」

ぐったりと「ＦＵＣＡＦＵＣＡ」の上に身を投げ出していると、腕枕で添い寝をしながら哲狼が鼻をすすった。

「ごめんなさい……あんまり美味しかったから……」

「……いや、いいよ……気持ちよすぎて、動きたくないだけだから」

ふかふかでも、もふもふでもなく、ふわふわしながら暁はつぶやく。

ここまでねちっこく、強烈なフェラチオは初めてだった。もう戻れない……どこかで聞いた歌の文句のような言葉が浮かぶ。

しかもここまで翻弄《ほんろう》されながら、合体まで到達していない。予定どおり、作戦どおり、哲狼は童貞のままである。なんとなく、そのほうがエロいのかも……そんな気がしてくる暁だった。

「でも、キスとか、好きです。暁さんが言ってること、よくわかりました」

そう言って、哲狼は暁を抱き締めた。

「好きです。他の人への『好き』とは違います」

「テツ……」

「さっきみたいなこと、暁さんが他の誰かとすると思うと……腹が裂けそうです」

それを言うなら「胸」だろうと思ったが、あえて訂正しないでおく。

「……しないよ、誰とも」

暁は哲狼の背中に腕を回し、胸に顔を埋める。

と、哲狼が喉を鳴らした。暁を抱いた身体がわななき、筋肉に力がこもる。

次の瞬間、触れている部分の肌の感覚が変わった。全身が膨張するかのように、一気に体毛が皮膚を覆っていく。

「……！」

暁は固く目を閉じた。見ないでと言われたからではなく、自分の身体に変化が起きたような錯覚に陥り、驚きから目をつぶってしまったのだ。

長く感じたが、変態が完成するまでに一分もかからなかっただろう。毛を通して、哲狼の静かな息遣いと鼓動《こどう》が伝わってくる。

「テツ……」

なぜ変身したのか、わからなかった。申し訳なさからなのか、嫉妬による切なさからなのか、約束を守ろうとしたのか。

いや、俺を喜ばせたいんだ——毛に覆われた身体を抱き締め、暁は思う。この姿になっても、想いは変わらない。誰にも似ていないお前が——。

「好きだよ、テツ」

応えるように、哲狼は低く唸った。

＊＊＊＊＊

「……構いませんか、年明け早々になりますが……」

クリスマスイブの夕方、オフィスの自席で受話器に向かって、暁は笑みを浮かべた。電話の相手は「真北繊維」の専務である。

『ええ、それはもう……月島さんなら大歓迎ですよ。社長始め、担当者を揃えてお待ちします』

「ありがとうございます」

とりあえず、個人で相談したいことがある。場合によっては、会社での新商品の開発につながるかもしれない。ついてはお伺いして、いろいろと意見を交換したい——そんな話を暁が持ちかけたところ、大喜びで返事を寄越したのだ。

経営難の噂については、その場で質問するのはやめた。不躾《ぶしつけ》だと思ったし、真実だとしても、膝を突き合わせたほうが先方も話しやすいだろう。

思っているだけでは、何も伝わらない。変わらない。実際に動いたところで、すべてを変えるのは不可能かもしれない。だが、変えようとする人の数が増えれば、新しい糸口が見えるかもしれない。そのための第一歩は、誰かが踏み出すしかないのだ。

『ついては……見本になるような素材がありましたら、ぜひお持ちください。私共のサンプルと併せて意見を出し合ったほうが、話は早いと思いますので』

「そうですね、わかりました。では……はい、よろしくお願いします」

通話を切った暁は、ふうっと息を吐いた。

打ち合わせの段取りはつけたものの、問題はサンプルだった。抜け落ちた哲狼の毛では話にならない。ある程度、まとまっていなければ具体的に伝わらないだろう。

まさか、目の前で変身してもらうわけにはいかない。ここは哲狼に頼んで、多めに剃《そ》ってもらうしかないか――。

「月島さん、クリスマスイブなのに予定ナシですか？」

植田が楽しそうにつぶやいた。暁はそっけなく返す。

「うるせえな。俺の彼女はクリスマスアレルギーなんだよ」

あながち嘘でもない。二十五日が満月なので、哲狼は調子があまりよくないはずだ。ふたりきりで会わないほうがいい。その代わり、大晦日《おおみそか》に立川家の年越しパーティに参加することになっている。

続く年明けの新月は十日なので、その前に「真北繊維」訪問と帰京をすれば問題はない。年始はデパートの福袋セールや店舗の初売りなどの手伝いに行くので、出勤になることが多い。その分、三が日後に休みをもらうのだ。

「何ですか、クリスマスアレルギーって！　新しい！　赤と緑を見ると蕁麻疹《じんましん》が出るとか？」

同じく予定がないせいか、植田も妙なテンションになっている。

「違う。サンタのプレゼント袋に詰め込まれて、知らない家に置いてけぼりにされる夢を見るんだとさ」

暁は適当に答えながら、「一月六日、七日に里帰りの予定。真北繊維、行けるぞ。」というメールを哲狼に送る。すぐに「わかりました。ふかふか♡」という返事が届いた。

「怖っ！　それって、ひとさらい――」

「いいから仕事しろよ。お前も福袋に詰めてやるぞ」

話を聞いていた向かい席の先輩が、ぼそりとつぶやく。

「植田が入ってるなんて、その福袋、ハズレだろ……」

植田以外の社員の間に爆笑の渦《うず》が広がった。

8

サッシを開け、暁と哲狼は並んで縁側に腰を下ろした。

暁はウールのショートコート、哲狼はダウンベストを羽織っている。膝にはブランケット、脇には温かい飲み物を用意したが、それほど寒くはない。

「本当に行かなくてよかったんですか？」

哲狼が聞いた。

立川家で年越しパーティを済ませた後、いつものように暁は離れの部屋にいた。ゴーン……と遠くから聴こえてくる除夜《じょや》の鐘《かね》の音を耳に、静かな大晦日の夜を堪能《たんのう》する。

毎年、深夜に初詣《はつもうで》に出かけているのだが、今年はやめた。哲狼が人の多い場所が苦手だからだ。特に神社や寺に参拝となると、普段以上に神経が張り詰めるらしい。

「いいよ。俺の地元の神社へ一緒に行こう。六日辺りなら、もう空いてるだろうし……こういう年越しも悪くないよ」

言葉の途中で、暁はくしゃみをした。一回で治まらず、二回、三回と続く。

「もう、中に入りましょう。風邪《かぜ》引きます。中でも鐘の音は聴こえますよ」

暁の背中を撫でながら、哲狼は言った。

「……お前は遠くの除夜の鐘も聴こえるんだろ？」

「はい」

「うるさくないか？」

「別に……好きですから、鐘の音は。みんな同じに聴こえるかもしれないけど、全部違います。こうやって一度に鳴ると、響き合うみたいで……」

哲狼は遠い目をした。

「へえ……お前が見えるもの、聴こえる音を知りたいなあ。きっと世界の感じ方が全然、違うんだろうなあ」

またくしゃみが出そうになったので、暁は立ち上がった。

サッシ、障子を閉め、脱いだコートをハンガーにかけていると、背後から哲朗に抱き締められた。

「テツ……出したくなった？」

「うん……」

哲狼はためらいがちにうなずいた。何度かくり返されたやりとりなのに、回を重ねるごとに恥ずかしそうになっていく……ような気がしてならない。抗いがたい快楽を自覚する分、より人間に近づくからだろうか。そこに愛おしさを感じ、いじめたくなった。

暁は振り向き、哲狼のチノパンツの前に触れた。布越しでも、もうしっかりと勃っているのがわかる。

「あっ」

「手でしてやるよ」

ボタンを外し、ファスナーを下ろす。

「ダ、ダメだよ、暁さん……そんなの……よくないです」

哲狼はうろたえるが、暁は手際よくペニスを外に出してやった。目の当たりに見ることは滅多にないが、雄々しく、力強い。そして——長い。先端はもう濡れて光っていた。

「何が？　ダメじゃないよ」

「だって、汚れる……」

「俺の指でイかせてほしくないの？」

「それは……してほしい、です」

暁はティッシュを数枚取り、自分のデニムのポケットに突っ込んだ。射精が早いので、扱く前に用意しておかなければならないのだ。

「手、壁についてて」

暁は壁に背を向けて立つ。その暁を囲うような形で、哲狼は両脇の壁に手をついた。

「こう?」

「そう……」

手のひらに唾液を垂らし、脈打つペニスを掴んだ。哲狼がはあ……っと息を吐く。

「出そうになったら言えよ」

「……はい」

焦らすように、柔らかく扱く。撫でるといったほうが正しいかもしれない。

「……暁さんの、指……」

あえぐように哲狼はつぶやいた。目を閉じ、長く密集した睫毛《まつげ》が小刻みに震える。快感に歪み、静かに愛撫に耐える顔は扇情的《せんじょうてき》で、美しかった。

「あ……もう、出……っ——」

暁は急いでティッシュを掴み、あてがう。寸でのところで間に合った。それでも我慢できたほうだ。いつもが三十秒なら、二分は保った。

「……よかったか?」

吐き出した体液をきれいに拭い、ペニスを下着の中に収め直してやると、哲狼は愉悦が残る瞳でうなずいた。

「暁さん……」

肩を引き寄せられ、唇を奪われる。唾液がほしくなったのかと思ったが、ごく普通のシンプルなキスだった。

「ん……」

優しく、深く、唇が重なり合う。こんなことまでしてくれるなんて――と感激したようだ。哲狼の想いがキスから伝わってくる。

「……俺たちって、恋人？」

唇を離すと、哲狼は暁をしっかりと抱き締めながら聞いた。

「……そうだと嬉しいよ」

「俺はそう思ってます。暁さん、大好き……」

暁も哲狼の背中に腕を回し、それに応える。

「暁さんのお母さんに会ったら、暁さんが好きだって言ってもいいですか？」

「あー……」

暁は答えに迷う。

嬉しい。だが、母には自分の性癖《せいへき》を伝えていない。母親らしい鋭さで勘付いているような気もするが、いきなり同性の「恋人」から知らされるのはどうだろう。

短期間で急速に成長したとはいえ、哲狼はまだ周囲の人間に様々なことをいちいち確認しながら行動しているのだ。場の空気を読み、本音と建前を使い分けられるとは思えない。

「会うのは初めてだから、どうかな……二回目のときに言ったほうがいいかもしれない」

哲狼は悲しそうな目で暁を見た。

「……そうですか……」

「ごめん。でも、俺はテツの気持ち、わかってるから」

「お母さん、俺のこと、好きになってくれますか？　暁さんからいろんなことを教わってるって言いたいんだけど……」

「そこは言ってもいいよ。でも、とりあえずは『友達』って言っておいたほうがいいと思うんだ。大丈夫、きっとテツを好きになるよ。立川さんの家の人はみんな、テツが好きじゃないか」

ようやく哲狼は笑顔になった。

「わかりました。次に会ったときにします。また会えるってことですよね」

暁も安堵したが、居心地の悪さは否めない。邪気《じゃき》のない子どもに「嘘も方便《ほうべん》」を教えているようなものだ。

「ありがとう、テツ」

後ろめたさからキスをする。

「じゃあ、他に何かできること、ありますか？」

「あるけど……ちょっと大変かも」

「え、何ですか？　言ってください！」

勢い込む哲狼に、暁は「真北繊維」の専務とのやりとりを説明する。

「……毛が沢山、いるんですね」

すぐに理解したらしく、哲狼は言った。

「うん。バラバラよりはまとまっていたほうがいいんだけど……ヒツジみたいに、バリカンで剃るわけにはいかないだろ？」

そもそもそんなことをして、哲狼の身体を傷つけるのは避けたい。それなら、抜け落ちた毛を集めるほうがいい。

「尻尾《しっぽ》の先なら大丈夫だと思うんですけど」

哲狼の提案に暁は驚いた。

「え……尻尾なんてあったんだ！」

「あります。変身した時だけ伸びる……っていうか、出てくる感じですけど」

「そうか……いや、ほら、見ないって約束してたからさ」

もともと犬や猫に興味がないので、尻尾にまで考えが及ばなかった。しかし、どこよりもふもふした部位かもしれない。

「でも、先って……切って平気か？」

想像するだに怖い。そして痛い。

「肉のないところなら、多分」

「え……怖いな。無理しないでいいよ」

「ダメですよ！　真北さんに渡して、いい生地を作ってほしいです。俺も協力したいんです。それに、俺にしかできないことでしょう？」

暁より、哲狼のほうがこだわった。暁を助けられる、物づくりに参加できるということが嬉しいらしい。

変身した哲狼に刃物が扱えるのか、暁がやるとして、哲狼の姿を見ずに切れるのか……と意見を出し合った結果、「廊下にいる哲狼が障子の間から尻尾だけ出し、暁が切る」という手順に決まった。皮どころか肉まで切ってしまうのではないかと暁は怯《ひる》んだが、哲狼が頑として譲らないので、決行することになった。

「うわ……」

十分後、部屋の中で待っていた暁は、障子の間から飛び出すたっぷりとした尻尾に目を奪われた。艶やかな黒い毛に銀色の毛が混じり、とにかく美しい。もしもこれをそのままストールにしたら、かなりの高値がつくだろう。

好奇心に負け、視線を尻尾から上へと伸ばした。美しい毛は背中へと続き、ちょうど尾骨《びこつ》の辺りから、まとまった銀色の毛の流れが渦巻いて模様を作っている。アルファベットの「S」に似てるな……と思っていると、尻尾がぱたぱたと動いた。早く、と急かしているようだ。

「わ、わかった。待って」

手を伸ばし、恐る恐る触れる。

「ああ……」

しっとりと冷たく、なめらかなのに肌に絡みつく——最高級のシルクとカシミアのいいところだけを抽出《ちゅうしゅつ》したような手触りだ。抱き締められているときの快感を思い出し、暁は恍惚となった。これこそ、もふもふの最高峰だ。

こんな手触りの繊維を作ることができたら……哲狼の勇気を受け、暁も勇気を振り絞る。

何度も何度も慎重に触って身のない部分を確かめ、鋏《はさみ》を右手に握り締めた。

「テツ、切るぞ」

枯れた声の呻きが聞こえた。

暁は思い切って、先に鋏を入れた。ジャキッ……という音と共に、左手に毛の束が残った。指先に少量の血液がつき、暁は慌てて声をかける。

「テ、テツ、大丈夫か？　ごめん、血が……痛くないか？」

返事の代わりに、少し短くなった尻尾が、またぱたぱたと動いた。問題ないらしい。暁は用意しておいたファスナー付きのビニール袋に毛束を入れ、ハンカチで毛先をそっと包んだ。血はもう止まっていた。

「もういいよ」と告げる前に、暁の中に惜しむ気持ちが湧き上がった。こんなに素晴らしい尻尾を、もう見られないなんて——暁はこっそりスマートホンを取り出し、「S」模様が中心に来るように素早く撮影した。音は聞こえただろうが、哲狼は携帯機器や通信端末にあまり興味を示さないのでバレないだろう。

「ありがとう、テツ。終わったよ」

哲狼はすっと尻尾を引いた。

暁は障子を閉め、息を吐く。

撮影したことへの罪悪感はあったが、愛ゆえだと自分に言い聞かせる。

約束は破っていない。障子のすき間から背中まで見たが、切らせてもらうためだ。それに、この写真は誰にも見せない。お守りのように大事にするんだ――。

「暁さん……」

人の姿に戻り、服を着直した哲狼が静かに入ってきた。暁は慌ててスマートホンをデニムの後ろポケットに突っ込む。

「ああ……大丈夫か？　痛くない？　ごめん、俺、皮まで切ったみたいで――」

哲狼はうなずいた。

「大丈夫です。なんかちょっと……むずむずしますけど」

そう言いながら、哲狼は尾骨の辺りを手でさすった。仕草と微妙な表情の可愛さに、暁はホッとする。

「無事に採取できました？」

「うん。絶対に生かして、いい物を作るよ」

哲狼の腰に腕を回し、顔を見つめた。

「ありがとう、勇気を出してくれて……」

「暁さんが好きだから、暁さんの役に立てれば……こんなの平気です」

「テツ……愛してる」

想いが募り、暁は言っていた。

「愛してる……それ、聞いたことがあります」

「おじいさんやおばあさんが言ってくれた？」

哲狼は首を横に振り、視線をどこか遠くへ投げかける。

「違う。もっと昔……」

もしかしたら、両親が生まれる前の哲狼に語りかけてくれたときの記憶かもしれない。

「愛してるは、好きのずっとずっと上」

「そうなんだ……」

哲狼の視線が戻り、感心したかのように笑った。

「すごくすごく好きってこと、どう言えばいいのかなって思ってたけど、ちゃんと言葉があったんですね」

「テツ……あのさ……」

実家へ行ったら、番になろう。ちゃんと最後まで抱き合おう。沢山、沢山、繁殖しよう
――そう告げる前に、哲狼が暁を抱き上げた。

「じゃあ、俺も愛してる！」

「うわ、テツ……ちょっと――」

「俺も暁さんのことを――」

何かが畳に落ちる音がした。デニムに突っ込んでおいたスマートホンだった。

「あ、ごめんなさい」

哲狼は暁を下ろし、スマートホンを拾い上げる。だが、暁に渡そうとして手を止めた。

「……テツ？」

「……これ……俺？」

画面一杯に「S」の文字が光る黒い毛並みが映っている。慌てていたので、画像がそのまま残っていたのだ。しまったと思ったが、もう遅い。動かなかった哲狼の表情が、徐々に険しくなっていく。

「さっき、何か音がしたけど……これだったの？　これを撮った音……？」

「テツ、それは……」

暁はあえぐように言った。

「あんまりきれいだったから、残しておきたかったんだ。もちろん、誰にも見せない！　俺だけが――」

「約束したのに……」

瞳が凍りついたように青白く光った。

「ごめん。消すよ、今すぐ……」

伸ばした暁の手を哲狼は振り払う。爪の先が、見る間に鋭く尖った。

『約束したのに』

いつもの声に低い唸りが重なり、震えるように響く。

「……テツ……」

瞳の色が青、緑、金、白……とオーロラのように変化し、伸びた犬歯が開いた唇の端から覗いた。暁は後ずさりする。

哲狼は暁を見据えたまま、ゆっくり近づいてくる。姿はまだ哲狼を残しているのに、同じ哲狼とは思えなかった。

「テツ、ごめん……ごめん……」

壁まで追いやられた暁は、崩れるように座り込んだ。覆い被さろうとする哲狼に対し、暁は両腕で頭を抱えて身を守る。

視界に入った畳に落ちる影は、明らかに異形だった。

『人はみんなそうだ。お前のルールを押しつけるくせに、なぜ、その約束をあっさり破る』

哀しみを帯びた追及に、涙があふれた。

テツの言うとおりだ。俺が身勝手だった――。

「ごめん、テツ……」

恐怖と後悔で震えが止まらない。最悪の事態を考え、身を固くする。

だが、ふっと視界が明るくなった。畳に映っていた影が消える。

「テツ……?」

何かが踵《きびす》を返して走る音、続いて障子が破れる音、ガラスが割れる音が響いた。

ほんの数秒の間のことだった。

「テツ!」

暁が反射的に立ち上がったときには、哲狼の姿はそこにはなかった。

9

正月休み明けの平日の夕方。暁は息せき切って、発車ベルが鳴り響くホームから特急列車の一番端の乗車口に飛び込んだ。数十秒後にドアは閉まり、列車が動き出す。呼吸を整える間もなく、揺れる車両の中を歩き出した。

地方の小都市行きの列車の指定席車両には、東京出張から戻るのであろうサラリーマンの姿がちらほら見えるだけだった。自由席車両に移ると乗客数は多少増えたが、ガラガラといっていい。

その車両を端から端へと歩きながら、乗客の顔を確認していく。この列車のどこかに哲狼が乗っているはずなのだ。

果たして、暁は指定席車両の中に哲狼を見つけた。他に乗客はおらず、自分と哲狼だけの貸し切り状態だった。

近づいてくる暁に、哲狼はすぐに気づいたらしい。暁が脇の通路に立ち止まっても視線を車窓に向けたままだったからだ。もしかしたら、暁が乗車したときからわかっていたのかもしれない。哲狼の探知レーダーはそれほどに鋭い。

「探したよ」

暁は短く言って、哲狼の隣に腰を下ろした。それでも哲狼は視線を合わせようとしない。暁も話しかけず、ただ、前を見ている。それができるのは、この列車が暁の故郷に向かっているからだ。そこには一緒に行こうと約束した「真北繊維」があるからだ。

大晦日の晩、立川家の離れの部屋から姿を消した哲狼は翌々日、つまり一月二日の深夜、ひっそりと戻ってきた。初売りセールや福袋販売の手伝いのためにショップを回っていた暁は、その現場を実際に見たわけではない。立川から聞いたのだ。

ガラスを破って哲狼が出ていったときの騒ぎはもちろん、母屋にいた立川にも伝わった。残された暁は「ちょっとしたケンカで」と説明したが、異常事態なのは明らかだった。しかし警察に届けるわけにもいかず、暁は元旦の朝まで待ったのだが、哲狼は戻らない。翌日から仕事があるので、サッシの修理費用はすべて自分が持つと告げ、暁は立川家を辞した。

戻ったら連絡すると立川は言ってくれたが、その電話が入ったのが二日の深夜だった。どうしてそんなことをしたのか、どこで何をしていたのかという点には一切触れず、哲狼は家を破損したことを謝るだけだったという。

当然、哲狼は暁の電話には反応しない。「謝りたい」という言伝を立川に頼み、三日もセールの手伝いに忙しく動きながら合間にメールも出したが、返事はなかった。自分の非は明らかなので、暁は対処を立川に任せ、それ以上の詮索を諦めた。そして再び立川からの連絡で、哲狼が密かにこの特急列車のチケットを入手したことを知らされたのだ。

当初の予定では明日、「真北繊維」を訪問した後で実家に寄り、一泊して帰ることになっていた。明日まで待たず、哲狼がひとりで旅立ったと知った暁は資料やサンプルをバッグに詰め、フレックスを利用して退社した。そして乗車券だけ買い、列車に飛び乗ったのだった。

すぐに車掌《しゃしょう》がやってきたので、指定席券を購入する。しかしそれからもしばらく、お互いに無言を通した。

「前にも話したけど、実家へ行くには駅で降りたら別の鉄道に乗り換えるか、バスを乗り継がないと……」

三十分後、暁は言った。

「でも、直線距離ならそれほど遠くない。変身して、走るつもりだった？」

わざとらしい挑発に乗り、哲狼は暁のほうを向き直った。

「そんなことしません！　バスで行くつもりでした」

「その方が安いもんな。でも、都会と違って本数が少ない。時間がかかる上に、終バスの時間も早い。一緒に行きたいって言われたときから、車を借りて帰るつもりだったんだ。きっと楽しいと思って……」

「車の話は……聞いてません」

暁の言葉に、哲狼は視線を落とし、うなだれた。早い夕闇《ゆうやみ》に沈む真冬の風景が、その背後に流れていく。ひとりさ迷った哲狼の孤独が重なり、暁は胸が痛くなった。

「内緒にしておいて、驚かせようと思ってたんだ。でもこうなったのは、俺が……お前を裏切るようなことをしたからだな」

悪気はなかった、というのは嘘ではない。真実だ。だが、哲狼を傷つけたのならどちらでも同じだ。

「大晦日の夜のこと――謝らないよ」

暁は静かに言った。

「謝ることでまたお前を傷つけるなら、もう謝らない。お前の怒りを受け入れて、自分が犯した過ちを受け入れる。理由を聞きたいなら、話す。聞いてから、決めてもいい――これからどうするか」

「これから？」

「今日のことと、今後の俺たちの関係」

少し迷う様子を見せてから、哲狼は言った。

「ずるいです、そんな言い方……」

「そうだ。ずるい男なんだ、俺は。開き直ってるんじゃなくて……ずるかったと本気で思ってる。お前に対して」

ルールを押しつけるという哲狼の指摘は、いみじくも的《まと》を射ていた。あの夜に限らず、そうしてきたのだ。哲狼が他の誰とも違う生を得て、数奇《すうき》な生き方をしてきたことも含めて愛したい、愛せると思った。だが、違った。結局、哲狼をコントロールし、自分にとって都合のいい形に誘導しようとしただけだった。信頼されているから許されるだろうと、勝手に決めつけたのだ。

乗車券に記された行き先の駅が近いことを、アナウンスが告げる。

「どうする？　お前がひとりになりたいなら、俺は……駅を降りたらそこで別れる」

哲狼の手が、暁のそれをぎゅっと握り締めた。

「そんなの嫌だ！　ずるいです」

「別れる」という言葉に反応したらしい。「その場で帰る」という意味で使っただけで、関係を解消するつもりではなかったのだが、引き止められて暁は嬉しかった。

「言っただろ、ずるい男だって」

ここでようやく、目が合った。暁は視線を逸らさず、哲狼を見つめ続ける。哲狼は悔しそうな、困ったように瞼《まぶた》を伏せたが、手は握り締めたままだ。その強さ、温かさに暁は望みを賭けたくなる。

「そうじゃなくて……うん、やっぱりずるいです、暁さんは」

「ごめん」

会話の応酬の中に、その言葉を混ぜ込んだ。あの晩のことでは謝らないと言ったが、別の形で受け入れられれば、改めて言っても受け入れやすくなると思ったのだ。

そう、俺はずるい男だ――そう開き直って必死に策を弄《ろう》するのは、哲狼を失いたくないからだった。

「ごめんな」

暁は哲狼の指を握り返した。

「あの写真……どうするつもりだったんですか?」

探るように、哲狼が問う。

「お守り――宝物にしようと思ったんだ、模様がきれいだったから。あんなにきれいなものを二度と見られないなんて……どうしても我慢できなくて」

　哲狼の身体から力が抜けるのがわかる。

「でも、お前を裏切って、お前を傷つけることのほうが辛い。それでお前を失ったら……手元にあの写真が残っても仕方がない。写真はお前の前で削除するよ。でも、もう……遅いかな」

「……わかりません。今の感情を整理できないんです。あの夜、この姿ともうひとつの姿を、上手く使い分けられなくなったみたいに。暁さんとつきあうようになって、もう大丈夫なんじゃないかって思ってました。満月の夜が来ても、何かで感情が高ぶっても、どうにかできるって。だけど、またあんなふうになって……ショックでした」

　暁は哲狼の声に耳を傾ける。

「この姿に戻って、社長の家に帰って……考えたんです。暁さんの故郷を見たいって。それをしたところで、何が変わるんだって思ったけど……じっとしていられなくて……」

「……そうか」

「そしたら……来てくれた」

　哲狼はしっかり暁を見た。

　賭けよう、と暁は思った。

「俺もだよ。俺も……俺の家に向かったって社長に聞いて、来ずにはいられなかった。だから……一緒に行ってくれないか？」

「……暁さんの家に？」

「ああ。哲狼さえ構わないなら、母に電話して今夜、泊めてもらうよ」

「急に予定を変えて、お母さん、困らない？」

俺の故郷を見たい、母に会いたいという哲狼の気持ちに揺るぎはないんだ——暁は胸が熱くなった。

「大丈夫。大事な友達を連れていくって言ってあるんだ。すごく楽しみにしてくれてる。一晩早くなっても歓迎してくれるよ」

「じゃあ……行きたい」

「わかった」

列車は定刻どおり、駅に到着した。哲狼とホームに降りた暁は「ツキシマ洋装店」に電話をかける。「急いで晩御飯の準備しなきゃならないじゃない！」と軽く文句を言われたが、母は嬉しそうだった。

改札を抜け、すぐそばのレンタカーショップで車を借りる。

「ここからどれぐらいかかるんですか？」

車の前で、リュックサックを片手に哲狼が聞いた。

「二時間ぐらいかな」

「そうですか……あの、後ろに乗っていいですか？」

助手席側に回った哲狼は、言いにくそうに切り出した。

「いいけど……どうした？」

「なんか、急に眠くなってきちゃったんです。ここのところ、あまり寝てなかったし……暁さんに会えて、安心したのかも」

いつもの甘え上手の哲狼の姿に、暁は微笑む。

「いいよ、後ろで寝てな。着いたら起こしてやるから」

哲狼はうなずき、資料が入っている暁のバッグを持って後部座席に乗り込んだ。

シートベルトを締め、暁はバックミラー越しに声をかける。

「テツ、行くぞ」

返事がない。姿もない。

驚いて振り向くと、哲狼はシートの上で大きな身体を折り曲げ、眠っていた。

「テツ」

約一時間半後、暁はハンドルを握ったまま、背後に向かって言った。

とっぷりと暮れた町には民家もまばらで、ぽつぽつと立っている街灯が照らすのは、刈り入れ時を過ぎた田ばかりだ。だが、もう少し走れば店が増えるはずだ。

「テツ、起きろ……」

暁はもう一度、名を呼ぶ。

と、それまでほとんど見かけなかった車がすうっと暁の車の脇に並んだ。追い抜かれるかと思いきや、車はピッタリと横を走る。男が少なくともふたり、乗っていた。広い道ではないが、前後は空いており、並走する理由はない。

なんとなく嫌な感じがして暁はスピードを落とし、車を先に行かせようと試みる。ところがその車は走り去らず、すぐ先で停まった。

中から若い男が降り、闇の中、こちらへ向かってくる。

並走されたのは単なる偶然で、何かアクシデントが起こったのかもしれない。

暁はヘッドライトを点けたまま車を停め、窓を開けた。

「何か……」

「お兄さん、お金貸してくれないかなあ……っていうか、くれると嬉しいんだけどなあ」

男がニヤニヤしながら暁の顔を見た。顔は笑っているが、目は笑っていない。

暁が視線をフロントへ走らせると、他にふたりの男がいた。ひとりは前、もうひとりは助手席側に立っている。

まずい、と思ったときは遅かった。強盗だ。最初から金を奪うつもりで近寄ってきたのだ。まさか、久しぶりの故郷で――暁の身体に緊張が走った。

「持ってない」

短く言い、暁は窓を閉めようとした。上手く対処しようなどと思わず、逃げるが勝ちだ。正義の味方を気取るのは逃げ切った後でいい。

しかし、男はいきなり腕を突っ込み、ハンドルに置かれている暁の手を掴んだ。ニヤニヤ笑いはとうに消えていた。

「お兄さん、俺らを怒らせないほうがいい。そっちはひとり、こっちは三人。命までくれとは言ってない。有り金出してくれればいいんだよ」

男の言葉が終わるやいなや、残りのふたりがバンパーや反対側のドアを足で蹴り出した。ドン、ドンという音と共に車体が揺れる。

「やめろ、金は持ってない！　これもレンタカーだ」

「車を借りたってことは、東京辺りから来たんだろ？　その腕時計も高いヤツだ。車を蹴られてるうちに、おとなしく従えよ。でなきゃ、今度はお兄さんの身体がボコボコになるよ？」

それが本気かどうかはともかく、金を渡してしまったほうが無難かもしれない、と暁は思った。男たちは慣れている様子だ。抵抗して、哲狼を危険な目に曝《さら》すわけにはいかない。

「わ、わかった。財布を取るから、蹴るのをやめさせてくれ」

男の合図で車の揺れが止んだ。暁はシートベルトを締めたまま、後ろを振り向く。

哲狼は起きていた——瞳を鈍い金色に輝かせ、獣の気配を全身に漲《みなぎ》らせて。

「テツ——」

低い唸り声が聞こえ、髪の毛がざわ……と逆立ち始めた。金の瞳が「見るな」と命じる。

哲狼を守り、どうにか切り抜けようという気持ちは、その念の強さに吹き飛んだ。迷う間もなく、暁は前を向いて目を硬く閉じる。間髪容《かんはつい》れずに布が裂ける音と獣の息遣いが聞こえた。

「早くしろよ！　バッグごと寄越……」

男の声が途中で止まった。後部座席に誰かがいたことに気づいたようだ。

「おい、お前！　バッグを――」

後部のドアが開いた。暁はそっと目を開く。黒く大きなシルエットがバックミラーの端に映った。

「テツ、駄目だ！　テツ――」

暁の位置から全身像は把握《はあく》できなかった。ただ、窓の向こうに毛に覆われた姿が見え隠れする。

「え――な、なんだ……何なんだよ、お前！　ふざけやがって……！」

男は叫んだ。視線は暁ではなく、後部座席から出た「それ」に向けられている。その声に驚きはあったが、恐怖は感じられない。しかし、徐々に男の表情が変化していくのが暁にはわかった――恐怖のせいで。

「……え……？」

男は「それ」を凝視したまま、じりじりと後ずさりし始める。

「おい、何をビビってんだよ。そいつ、着ぐるみ？」

他の男が背後から苦笑まじりの声をかけ、近づいてきた。

「ち、違う……こいつ……こいつ、生きてる！」

「何言ってんだ、当たり前だろ。放っといて、とっとと金を──」

「人じゃない、人じゃない！　ばっ、化け物……化け物ぉぉぉ！」

「それ」のそばにいた男が叫んだ瞬間、暁は咄嗟《とっさ》の判断でヘッドライトを消した。「それ」は男たちの間を素早く動く。闇に紛れ、かすかな残像だけが暁の視界を横切る。

「やめろ、やめろ──！」

「嘘、ちょっと……うわっ！」

「な、何だよ、こいつ──何なんだよ！　来るなっ……！」

「わ、わ……ギャアアアっ──」

「たすっ……助けてー！」

闇の中、慌てふためいた叫び声、砂利道《じゃりみち》を蹴散らす音がいくつも重なりながら離れていく。それは車のドアが閉まる音、エンジン音と共に消えていった。

ほんの数分の出来事だったが、暁は呆然とする。しかしすぐに我に返り、ヘッドライトを点ける。男たちの車はもうない。急いでシートベルトを外し、車を降りた。

「テツ！」

周囲を見渡すと、反対側のドアの影に黒っぽい獣がうずくまっていた。熊のようにも、巨大な犬のようにも見える。

「……テツ？」

暁はそっと声をかけた。

「それ」が頭をもたげる。流れる黒い毛の中の金の瞳が暁を見た。

恐怖はなかった。金の瞳があまりに悲しそうだったから。

ぐる、る……と哲狼は唸った。言葉にならなくとも、言いたいことはわかる。伝わってくる。

「俺、見ないから」

くるりと背中を向け、暁は言った。

「元の姿になったら呼んでくれ」

そのまま運転席側へ戻ろうとした暁に、哲狼が言った。実際には、直に頭に響いてくる感じだ。

『『写真』』

「……写真？」

消去すると約束した写真のことかと思い、背を向けたまま答えた。

「今？　わかった」

あの男たちが帰ってこないか、他の車が通らないかと不安だったが、暁は後部座席のバッグの中を探る。そばには、ジャケットやチノパンツの残骸《ざんがい》が散らばっていた。

「テツ、写真――」

スマートホンを手にドアを閉めると、反対側にいたはずの哲狼が立っていた。

暁は息を呑む。真正面から全身像を見るのは初めてだ。耳は犬のそれに似てピンと立ち、鼻は前に突き出ている。肩幅もあり、二本の足でしっかりと自立している。映画で観るような「狼男」というより、アヌビス神に近い印象だ。こんな姿、しかも一八〇センチを超える男が向かってきたら、逃げる外ないだろう。

だが、暁は平気だった。自分を守るために変身したのだ。それに、悲哀に満ちた美しい瞳は間違いなく哲狼のもの――自分が愛した青年の瞳だ。どんな色をしていようとも。

写真を消すよと改めて言う前に、哲狼が意外なことを口にした。

『『撮れ』』

「……え？」

何かを取る、という意味かと思った。

「着替え？」

『『写せ』』

驚く暁の頭に、哲狼の声が強く響く。

『『早く』』

「わ、わかった」

暁は哲狼の全身、そしてバストアップを撮影した。

「いいよ」

『『服を』』

暁はうなずき、後部座席に放り出してあったリュックサックを開けた。中からセーター、Tシャツ、下着、トレーニングパンツを出し、哲狼が立っていたほうを見る。

そこには哲狼はおらず、再び助手席側に戻っていた。しかも、今度は人の姿の哲狼だった。全裸で、両手で自分の肩を抱いて震えている。

「とりあえず、入れ！」

暁が叫ぶと哲狼は後部座席に乗り込んだ。暁は服を渡し、運転席に座る。

「車、出すから」

「はい」

聞き慣れた声を合図に、暁はエンジンをかけた。今いる場所よりは車の通りが多いエリアを目指す。

着替えに差支えないようにとゆっくり、慎重に運転していたつもりだった。しかしかなり焦って乱暴な走りになっていたらしく、途中で哲狼が何度か「あっ」「うわ」という声を上げた。「ごめん」と反応したものの、冷静になるのは難しかった。

ようやく大通りがはっきりと目視でき、ホッとする。ところが、今度はバックミラーにパトカーが映った。暁の中に再び緊張が走る。

頼む、ただのパトロールであってください、追い抜いてください……という願いもむなしく、「停まれ」の指示が出た。

「テツ、警察だ」

暁は哲狼の名を呼んだ。

「えっ、どうして……」

変身したときとは打って変わり、怯えたような声だった。

「俺が答えるから、何も言うな。絶対に何も言うなよ。大丈夫だから」

「は、はい」

車を端に寄せ、窓を開ける。制服警官がやってきた。

「こんばんは。すいませんね」

「いえ、何か……？」

「先程、近くの派出所に駆け込んできた人がいましてね。この辺りで熊だか狼のような獣に襲われたというんですよ。その獣……の飼い主の車が、このレンタカーと同じでしたんで、停まっていただいたんです」

警官の口調がこちらに対して妙に丁寧なのは、訴えの中身が突拍子もないからだろう。最初は緊張していた暁だが、そんな妙な話を信じるのはあの男たちと自分たちしかいないと気づき、腹を括《くく》った。

真の被害者は自分たちだが、正直に起きたことを話そうものなら、このまま警察へ連れていかれるだろう。叩かれて困るのはこちらも同じ。それならば警官側に乗っかり、すっとぼけるほうが得策だ。

「狼……日本に？」

不思議そうな暁の問いに、警官は苦笑いを浮かべる。

「そうなんですよ。かなり興奮してたので、大きな犬と見間違えたんじゃないかと思ったんですが……訴えを無視するわけにもいかず、一応、探してるわけです。お忙しい中、申し訳ありませんが、免許証を……」

「わかりました。ご苦労様です」

同情の目つきで、暁は免許証を提示した。

「ありがとうございます。えーと、念のために一旦降りていただいて、中とトランクも調べさせていただいて構いませんかね……同乗の方も。すぐ済みますんで」

暁はうなずき、哲狼に目配せした。哲狼は警官ではなく、暁に従う。訴えた男たちのほうが怪しいことは、警官たちもわかっている。こちらの素性や言動を疑う素振りはない。堂々としていれば問題ないだろう。

ところが警官は、敗れた哲狼の衣類に注目した。

「これは……？」

「ああ、それ。それは……」

暁は言いよどみ、必死に言い訳を考える。妙な間に、警官の顔つきが変わった。焦る暁の脳裏に、哲狼の写真がパッと浮かんだ。

「舞台の衣装なんです。散らかしてお恥ずかしい……」

「衣装？」

「ええ。仕事で必要でして……実はそれの受注の打ち合わせのため、『真北繊維』さんを訪ねたところなんですよ」

「ほう、真北さんに」

地元企業の名前に、警官の態度が和らぐ。

「はい、僕はアパレル勤務なんです。実家が近くでして」

暁は名刺を取り出して渡す。たまたま、そこに一緒に入っていた「真北繊維」の専務の名刺も見せた。必死だったが、これはかなりの好印象を与えたらしい。

「こんな衣装です。見てください――」

続けて暁はスマートホンを取り出し、思い切って、少し前に撮影した哲狼の変身姿を見せた。

「え……これは……」

警官が驚きの表情を浮かべる。当たり前だ、本物だ。

「よくできてるでしょう！　リアルさを追求したんです！」

大声で得意げに言った。はったりなんてものは堂々と、先に仕掛けたほうの勝ちなのだ。面倒臭い仕事オタクだと思わせられれば、さらにいい。

「彼は俳優の卵なんですが、彼に着てもらうんです。魔犬の役なんですよ！」

暁は熱っぽく言い、哲狼を指差した。哲狼はきょとんとした後で、警官に頭を下げる。

「はあ、なるほど……」

警官は写真をしげしげと眺めた。

「犬……ですか……狼に見えなくも……」

「え、そうですか？　ヒョウとかバッファローとか、いろんな野獣の要素を取り入れてあるんです。でも悪魔の番犬なんです！　人から変身するんですよ。なあ、テツ」

哲狼は黙ったまま、こくんとうなずく。

「あなたがこの中に入ってるんですか。ああ、では、その敗れた服は変身のときの……」

「はい、小道具です。車の中で、着替えの練習をしてたんです。舞台でもそういう演出なので……なあ、テツ」

ハイテンションで語る暁に、哲狼はまたうなずいた。

「あー、なるほど。その姿を見て、何か勘違いをしたのかもしれませんね」

「あ、襲われたという方たちですか？　でも、そんなことって……」

「いや、この辺りは暗いですからね。しかもここまでリアルだと……子どもなら泣くでしょうな」

幸いにも、警官が率先して例を挙げてくれた。暁は首を傾げる。

「そうかなあ……でも、誤解させるほどだったら、こちらとしては自信が持てます。その方たちには申し訳ないですけど……なあ、テツ」

哲狼も暁の創作と演技の意図に気づいたのか、少し嬉しそうにうなずいた。

「ご覧のとおり、彼は身体の割に大人しい子でして。この着ぐるみでぼうっと突っ立ってるだけなので、よく演出家に叱られてるんですよ」

「なるほど……で、この着ぐるみの現物は？」

さすがは警官だ。裏取りは怠らない。

「あ、ええっと……」

語るに落ちる——暁が言葉に詰まると、哲狼が初めて口を挟んだ。

「今、真北さんに置いてきたじゃないですか、暁さん」

「ああ……そうだった」

距離と時間軸を突き合わせれば、矛盾《むじゅん》があることはわかってしまう。しかし、警官もそこまでは調べないだろうという自信が暁にはあった。恐らく、哲狼にも。その証拠に、哲狼はこう続けた。

「サンプルなら持ってます。尻尾の……ね、暁さん」

暁はびっくりし、慌ててうなずく。

「あ、ああ、そうだった。お見せしましょうか？」

「いえ、それには及びません。お引き止めして申し訳ありませんでした。ご協力感謝します。舞台、がんばってください。でも、乗車中の着替えは危険なので控えるように」

警官は言った。

「わかりました！」

「ありがとうございます！」

ふたりは笑みを浮かべ、並んでパトカーを見送った。

10

「ここが暁さんの部屋……」

高校まで暁が過ごした六畳間を、哲狼は感慨深げに眺める。

「別に普通の部屋だろ。もう何もないし……」

風呂を浴びた後、母が用意してくれた客用布団を敷きながら、暁はぶっきらぼうに言った。かつて使っていたベッドは母の部屋へ移動し、本棚に雑誌や漫画、ＣＤ、家族の写真が何枚か残っているだけだ。

二時間前、月島家に着いたふたりは母、亮子の歓待を受けた。暁は哲狼を「可愛い弟であり親友」と紹介し、哲狼は暁のことを「世界で一番信頼しているふたりのうちのひとり」だとほめた。もちろん、もうひとりは立川だ。

亮子は大喜びですき焼きを振る舞ってくれた。哲狼の素直さと食べっぷりに目を細め、早くも「弟なんだから、いつでもひとりで帰っておいで」とくり返す始末だ。哲狼が子どもと年上キラーだということを、暁は久しぶりに思い出した。

「暁さん、恥ずかしがってる」

からかうように突っ込み、哲狼もシーツを広げる。羽毛布団、毛布の他に「ＦＵＣＡＦＵＣＡ」のタオルケットもあった。

「手伝わなくていいよ、お前はお客さんなんだから」

「でも、俺の部屋でも暁さんは手伝ってくれるじゃないですか。おあいこですよ」

上機嫌の哲狼に、仲違いする前の自分たちへの道筋を見た気がして、暁は心底安堵する。のど元過ぎれば……というつもりは毛頭ない。ただ、あの強盗未遂がなければ、雨が降った後の地ならしもできなかったかもしれない。

「暁さん」

布団の上にあぐらをかき、哲狼がぽつんと言った。

「うん？」

「本当は危なかったこと、おまわりさんに伝えなかったですよね。その前に、変な奴らに金を出せって言われたときも、俺に助けを求めなかった」

暁は首を横に振った。

「あれは……違うんだ。テツを信じてなかったからじゃなくて――」

「わかってます。俺を守ってくれたんですよね」

哲狼の頬を涙が伝う。

「カッコよかったです。それから……嬉しかった、すごく……」

「テツ……」

「愛してるって、伝わってきた。暁さんがそう言ってるの、わかった」

胸がいっぱいになり、暁は膝立ちになって哲狼を抱き締めた。

「ごめんなさい。大晦日の夜、写真を撮られて逃げた理由は……怖かったからです。わからないって言ったけど、本当はわかってた。これで絶対に嫌われる、もう愛してもらえないって……」

「テツ……バカ言うな」

暁は哲狼の髪を撫でてやる。

「嫌うはずないだろ？　お前は俺のために尻尾の毛を切らせてくれたんだ。なのに俺は、お前の信頼を裏切った――」

「違う、暁さんを信じられなかったんじゃない。俺が俺を信じられないだけなんです」

暁の胸の中で、哲狼は子どものように泣き出した。

「自分が何者なのか、わからなくて……でも、俺をきれいだって言ってくれた。写真を宝物にしたいって言ってくれた。普通じゃない俺を、俺のまま、大切にしてくれた。そんな暁さんが襲われそうになって、俺……わけわかんなくなっちゃって……気づいたら、また――」

一途な想いに暁の目からも涙があふれる。

「テツ、俺にもちゃんと聞こえたよ。愛してるっていうテツの声が……」

哲狼が変身した自分を撮れと言った理由が、暁にもようやく理解できた。

大切な人を失うこと以上の恐怖はない。それに気づき、嫌われることへの不安と決別するため、写せと命じたのだ。

「結果的に、あの写真が……テツの勇気が、俺たちを救ってくれたんだよ」

暁の指摘に、哲狼は顔を上げた。

「あれが？」

「そうだ。どっちか片方が強いからじゃない。俺たちがお互いを好きだから……大切だから、上手くいったんだ」

「じゃあ、もしかしてまた変身しても……俺のこと、怖くないですか？」

涙の粒が長い睫の先に光り、きれいだった。

「怖くないよ。カッコよかった」

「嫌いにならない?」

「なるもんか。テツのもふもふ、大好きだしな」

「……暁さん……」

ようやく、哲狼は笑顔になった。

「変わらなくていい。そのままのお前でいい。テツがどんな姿をしていても、どんな生い立ちでも、男でも女でも……俺はお前を愛してる。きっと、初めて会ったときからだ」

「夜、会社で会ったとき?」

「そう。俺の匂いを嗅いで、スマホを探してくれた。あのとき……テツはスマホじゃなくて、俺を見つけてくれたんだ」

哲狼は不思議そうな顔をした。

「暁さんを?　意味がよく……」

「わからなくていいよ」

暁は頬の涙を拭ってやり、唇を重ねた。哲狼は夢中で舌を入れ、濡れた音が響くほどに暁の口内を蹂躙《じゅうりん》する。

「暁さん……下も舐めていい?　暁さんの汗とか露……すごく飲みたい。あれ、大好きなんです」

「テツ……」

直接的な要求に、暁は顔から火が出そうになった。階下には母親がいるから——と言っても、哲狼には通じないだろう。それに、熱烈なキスで、暁の身体にも変化が起き始めてしまった。

「あのね、この部屋、匂いが残ってるんです。暁さんの昔の匂いが。だから、余計に飲みたくなっちゃって——」

宙に向けて鼻を動かし、哲狼は匂いを探す。暁は叫んだ。

「な……う、嘘つくなよ！　ここにいたのは十年以上前だぞ」

「本当です。かすかだけど……ちょっと甘い、花みたいな匂いがします。今の暁さんの匂いより濃いから残ってる……」

「わ、わかった。もういいよ！」

一般的に言われる、とある花の香りを想像してしまい、暁は慌てた。しかし、哲狼は相変わらずきょとんとしている。獣の本能はあなどれない——。

「その代わり……俺もほしい」

「もふもふですか？　いいですよ。怖くないなら……いくらでもやります」

「それだけじゃなくて……哲狼の露もほしい」

「俺の……白い露？」

「うん。でも、飲むんじゃなくて……俺の身体の中にほしいんだ」

この表現で伝わるだろうか……と思ったが、哲狼は理解したようだ。その証拠に、顔に歓喜が広がった。

「暁さん、俺の子ども、ほしいの？」

「ははは……うん」

子種《こだね》がほしいだけで、妊娠はできないけどな……という説明を呑み込む。

「俺は冬だけじゃなくて、春も夏も秋も繁殖したい。お前が俺の露が好きなように、俺は繁殖行為が大好きなんだ。できそうか？　できなきゃ、俺の恋人は無理だ」

哲狼は戸惑うような表情で、必死に考えている。

「わ……かんないです。でも、恋人だからがんばる！　暁さんの露を飲めば、できるかも。あれ、美味しくて、飲むとすごく元気になれるから」

自分の体液に強壮剤効果があるとは……と誇らしい気分になった直後、暁は哲狼に問い返した。

「テツ……冗談だろ？」

「何がですか？」

「俺のを飲むと元気になれるって……」

「冗談って何ですか？」

「……何でもない……」

はったりやでっちあげ、冗談は哲狼の中にはない。

「本当ですよ。エネルギーが満ちてくる感じです。繁殖に効くかは試したことないけど、疲れが取れるし、目も耳も、鼻もよく利くようになるんです。暁さんの露、すごいです。これから試せばわかります」

哲狼は目をらんらんと輝かせ、ジャージを脱ぎ始めた。

「わかったから……ちょっと待て！　静かにしろ」

強く言うと、哲狼は主人に忠実な飼い犬のように動きを止めた。しかし、上半身はすでにむき出しになっている。

「準備するから、五分くれ」

物欲しそうにうなずく哲狼を残し、暁はそっと階下へ降りていった。

コンドームは常時、二枚は携帯している。問題は、滑油代わりになるものだ。あれだけの大きさと長さの哲狼のペニスを、何もなしに受け入れる勇気はない。

母はオリーブオイルが苦手だった。キッチンには案の定、それらしきものはない。

こうなったらラードで……と悩む暁の視線の先に、ココナッツオイルの瓶があった。心の中で母への感謝と謝罪を唱え、それを手に階段を上がる。

「テツ、待っ――うわ！」

部屋に戻ると明かりが落ちており、一歩足を踏み入れた途端、暁は布団の上に組み敷かれていた。

「静かにしろ、待てって言っただろ」

「ごめんなさい。でも五分過ぎました。もう我慢できない」

薄闇の中、光る瞳が見下ろしている。

「だからってこんな……」

「ルール無視は、ダメですか？」

完全な人間相手と異なり、手間やムードが無用なのは楽だが、不思議なもので、なければないで物足りない。しかし欲望に任せ、こんなふうに強引に求められるのは――。

「……ダメじゃない。ただ、ドタバタするとおふくろが起きるから……静かに脱がせてくれ」

はやる心と身体を抑えつつ、哲狼は丁寧に暁の服をはぎ取っていく。背中や臀部に「FUCAFUCA」の感触が心地いい。だが、ボクサーブリーフに到達したところで、哲狼の箍《たが》が外れたらしい。乱暴に膝まで下ろしただけで、半勃ちの暁のモノにむしゃぶりついたではないか。

「テツ……っ……」

快感を与えよう、焦らして泣かせよう……などという気遣いや愉しみ方をテツは学んでいない。ただただ、自分が舐めたいのだ。しかし、好き勝手に舐め、しゃぶっているだけなのに、計算されたテクニックより悦びを与えてくれる。

「……暁さん、まだ出てこない」

やめないでほしいのに、哲狼は暁のモノを掴み、淋しそうに言った。

「先に出てくる薄いのも好きなのに……」

「そんなこと言われても……」

「気持ちよくないですか？」

「いや、いいよ。でも――」

いつ、どのタイミングで先走りの露が出てくるかなんて知る由もない。「続けてくれればそのうち出てくる」と言いかけたとき、哲狼が聞いた。

「もふもふのほうがいいですか？」

「もふもふ……でどうするんだ？」

「くすぐるんです。尻尾とかで」

想像しただけで、哲狼の手の中のモノは脈打った。

「い……いいけど……変身するのか？」

「尻尾だけ」

暁は思わず半身を起こす。

「え、そんなことできるのか！」

「やったことはないですけど……多分。やりますか？」

「お……お願いします」

目を閉じ、わくわくしながら待っていると、ふわ……っとした感覚が分身の幹を撫でた。

「あ……っ……」

暁はビクンと震えた。続いて鈴口を毛先で突かれ、のけぞる。刺すような快感がたまらない。

「テ……ツ……っ――！」

愉悦が強烈すぎて、おかしくなりそうだった。しかし、哲狼は暁の反応が嬉しいのか、ねちっこく亀頭をいたぶる。

「ああ、あ……ダメだ、テツ……それ……ああ、そこ……ダメっ――」

タオルケットを握り締め、暁は身悶えた。

くすぐったり、なぶったり、分身全体に巻き付けてしごいたり……本能のなせる業《わざ》なのか、暁の乱れっぷりに何かを感じるのか、尻尾の責めは多彩で執拗だった。

「……暁さん、出てきた」

哲狼が言った。

「は……あ……」

「尻尾が濡れてる、ほら……」

言葉責めなどという技も、哲狼はもちろん知らない。現象を正直に口にしているだけだ。それがかえって羞恥を煽り、暁のそこはさらに露を吐き出す。

「暁さん、舐めてもいい？」

ざらつく舌も捨てがたい。でも、このままもっと、毛束が与えてくれる快感に浸りたい。

「……頼む、このまま、一度……」

「尻尾のほうが好きなの？」

どことなく怒った口調で哲狼が尋ねた。

「ああ……」

暁はしどけなくうなずく。

「わかった、じゃあ……」

哲狼が体勢を変え、頭と足の位置を逆にした。そしてまず、暁の分身を口に含む。続けて、尻尾で乳首を撫でた。痛みを感じるほど勃起している。

「あ……ああ、あ……ッ――」

露が大量にあふれ出た。乳首への刺激でそうなるとわかったらしい。尻尾はさらに執拗に乳首を責め、舌が強い力で亀頭を吸う。

「テツ、待って……両方は……おかしくなる……」

「やめてほしいなら、沢山出して。飲ませて」

懇願ではなく、それは命令だった。腹が立っていいはずなのに、身体の芯から欲望が湧き上がる。

「出してる……だろ……」

「足りない。ああ、そうだ、これがいいかな……」

哲狼は楽しそうにつぶやき、甘噛みするように犬歯を亀頭に当てた。

「ひ……ッ……！」

暁の身体が大きくバウンドした。耐えがたい快美感に、下腹部が熱くなる。

「あ、ああッ、あ……テツ、出る……飲んで――！」

ざらつく舌が亀頭に絡まり、それごと吸い取られてしまいそうな強烈な絶頂感だった。二度、三度と身体が痙攣する。

だが、精液を出し切った――と思っても、まだ終わりではない。哲狼の舌はなおも暁の体液を求め、先端付近で蠢《うごめ》いている。

「テツ、やめ……ちょっと休んでから――おかしくなる、から……っ……」

必死の懇願に哲狼は名残惜しそうに唇を離し、暁の上からどいた。

「……気持ちよかったよ、テツ……ありがとう」

暁は「FUCAFUCA」の上にぐったりと身を投げ出しつつ、フォローも忘れない。

「本当？」

「うん……今度はテツの番だ」

息を整え、身体を起こす。

「座って」

言われたとおりに座った哲狼の前に、暁も向かい合せに座った。いつの間に引っ込めたのか、尻尾はもうない。両腿の間に屹立《きつりつ》している哲狼のペニスは充血し、物欲しげに揺れている。

暁はココナッツオイルの瓶を開け、ねっとりとしたそれを指ですくった。手のひらで温めて溶かし、哲狼のペニス全体に丁寧に塗り込む。

「……あ……」

哲狼が胴を震わせて呻いた。艶やかな低音と恍惚とした表情、逞しい腰が揺れる様は、なんとも悩ましい。暁の分身はまた硬くなり始める。

「気持ちいいか？」

「……はい……」

オイルの残る手のひらでゆったりと茎を撫で、右の指先で亀頭から括れまでを弄ってやる。同時に左の手で袋を揉んでやると、露があふれ出した。

「テツ、どこが気持ちいい？」

「先っちょと……少し下」

「ここ？」

「あっ……そう、そこ――弾けそう……」

男が感じる場所は大抵、決まっている。哲狼も例外ではないらしい。指で輪を作って焦らすように括れを弄ってやると、すぐに哲狼は音を上げた。

「あ、暁さん……」

「出る？」

「……はい」

「いいよ」

左手で袋を揉みながら、右手で根元からやや乱暴に扱き上げてやる。哲狼のペニスは脈打ち、先端からこってりとした精液が噴き出した。

「あ、あっ……！」

暁は背筋がゾクゾクした。

逞しく、美しい青年を射精させるのは、何度経験しても飽きない。しかも哲狼のペニスは衰えることなく勃起している。暁もまたほしくなってきた。

「暁さん……横になってください」

哲狼の言葉に、暁は首を横に振った。

「いいんだ、このままで」

そう言って、暁は不思議そうな顔をする哲狼のペニスにコンドームを被せた。それが人間の性交渉には必要なものだということは、哲狼も知っている。

暁は再びオイルを多めに手に取り、コンドームの上から塗りたくった。指に残った分は自分の奥の孔《あな》に塗る。そして、哲狼の股間にまたがった。だがまだ腰は落とさず、膝立ちのままだ。

「暁さん……」

少し不安そうな哲狼に、暁は微笑みかけた。

「腰を支えてくれ、テツ」

暁の頼みどおり、哲狼は暁の腰を両手で押さえてくれた。暁は顔を近づけ、哲狼の唇に自分のそれを重ねる。

「……ん……」

ねちっこく舌を絡めながら、暁は自分の指で孔を解す。懇切丁寧に哲狼に教えてもいいのだが、今日はとにかく繋がることをゴールにしたかったのだ。

十分……とはいかずとも、解れたところで哲狼の肩に両手を置き、そろそろと腰を落としていく。すぐに哲狼のペニスの先端が軽く暁の孔に触れた。暁は腰を揺らし、亀頭の感触を味わう。

「あ、暁さん……」

さすがに哲狼も暁の意図を理解したようだ。戸惑いと期待が表情に見え隠れする。

「大丈夫。こういうやり方もあるんだ」

そう告げ、暁は力を抜いて哲狼のペニスを受け入れていく。

「あ……」

歓喜の声を上げたのは、哲狼が先だった。

「……は、あ……」

続いて暁が、どっしりとした哲狼のペニスの重量感、硬さや長さを内部でじわじわと味わう。根元まできっちり入ったところで、暁は哲狼を見つめた。

「どう？」

「……すごい……嬉しいです……」

感激と恍惚が入り混じった表情を浮かべている。

「俺も……」

「あの、でも……あの……」

すぐに哲狼の額に汗が滲み出した。

「動きたいんだろ……いいよ。ゆっくりな」

「はい」

しかし、コツが掴めないらしく、哲狼は腰を持ち上げるばかりだ。それでも快感は得られるが、どうにもじれったい。

「テツ、前後に動かして」

「……こう？」

「そう」

哲狼が動くのを確認し、暁は上下に動き出した。同時に、ペニスを締め付けたり緩めたりと調整する。

「ああ……暁さん――これ、気持ちいいです……すごい……」

「俺も……」

哲狼を導きつつ、暁は自分の敏感な場所に亀頭を擦りつけることも忘れない。甘ったるい愉悦が広がっていく。

「あ、あ……テツの硬いの……当たってる――」

「気持ちいいところ？」

「ん……」

暁がうなずくのを見て、哲狼は暁の腰骨を強く掴んだ。そしてしっかり固定させ、自分の腰をやや乱暴に突き上げ始めた。たちまち暁の中に愉悦があふれ出る。

「あ……ああ、あ……テツ、激しい――」

「でも、ここがいいんでしょう？」

敏感な部分ばかり擦られ、暁はのけぞった。その拍子に思い切り哲狼のペニスを締め付けてしまい、悦びが増す。

「ああ……あッ――テツ、いい、すごい……っ……！」

初めてのくせに、上手なんてずるいぞ――目を閉じ、エクスタシーに浸る。すると突然、暁の身体は哲狼の毛の中に包み込まれた。

「……あ……」

内部を穿《うが》たれる快感と皮膚を覆う滑らかな感触に、暁は陶然《とうぜん》となった。しかも哲狼の力は変身前よりも強く、暁をがっちりと抱擁している。そこに膨らみ切ったペニスを激しく、速く撃ち込まれてはたまらない。

「テツ……や、め――ああ、あ……おかしくなるっ……！」

わざとか、それとも哲狼自身がコントロールを失っているのか、暁の声は届かない。哲狼の体毛に沈み込み、身体が蕩けてしまいそうだ。

このまま哲狼の中に取り込まれてしまうのだろうか。それでもいい。これほどの悦びと愛おしさを与えてくれる男は、他にいない――。

「……ダメだ、イきそう……あ、ああ、もう我慢できな――」

悲鳴をキスで封じられ、暁は達した。吐精する亀頭に体毛が絡みつき、頭の中が真っ白になる。

ほぼ同時に哲狼の身体が二度、三度とわななき、低い唸り声が暁の脳裏に直接響いた。

暁は哲狼にしがみついたまま、失神していたらしい。意識が戻ったとき、哲狼は人の姿に戻り、横たわる暁を心配そうに見下ろしていた。身体がきれいになっているところを見ると、徹底的に舐め尽くしたのだろう。

「大丈夫ですか？」

暁はうなずいた。愉悦に喉が震え、声が出ないのだ。よかったか？とまなざしで哲狼に尋ねる。

「はい。俺たち、恋人同士だけど、子どもできないけど……繁殖したんですよね」

暁はもう一度、うなずく。

「これから先——何がどうなるか、わかりません。想像もつかない。俺の寿命、普通の人より短いかもしれない。ある日、暁さんを怪我させてしまうかもしれない。だけど……俺、がんばって暁さんを守ります。変わります。変わらなくていいって言ってくれたから、俺——変わりたいと思うんです」

あふれ出した哲狼の涙を、暁は指先で拭ってやった。

「俺はずっとお前の番いの相手だよ、テツ」

何が起こるかわからない――それは、どんな人生でも同じ。想像がつかない。怖い。だからといって、完璧なパートナーとの運命を手放すほど愚かじゃない。

「いざとなったら……お前が所有してる山で一緒に暮らそう。お前は狩りへいって、俺はその間、インターネットを使って働くさ」

哲狼の口元から、きれいな犬歯が覗いた。

＊＊＊＊＊

「これは……何の動物の毛ですか？」

翌日の午前中。「真北繊維」の応接室で、専務の真北《まきた》と商品開発部の部長、中野《なかの》は暁が出したサンプル――哲狼の尻尾に興味深そうに触れた。

「狐《きつね》？　いや、ミンク？」

「実はよくわからないんです」

暁は苦笑いを浮かべた。嘘ではない。しかし、説明もせずに話を続ける。

「でも、これに近い生地をオーガニックでなんとか作れないかと思いまして……それが可能なのは、真北さんしかいないと」

「なるほど」

誉め言葉に真北はにこにこしている。会社としての依頼ではなく、あくまでも暁個人の企画としての打診だが、真北は快く暁の話を聞く時間を割いてくれた。もちろん、商品化が可能だとわかれば、暁はすぐに企画会議にかけるつもりでいる。

その核となる実働部隊を率いる中野は、尻尾を撫でながら唸るばかりだ。

「うーん……張りがあるのに、なめらかですね。確かに触り心地がいい。しかしこれを再現……」

「ベルベットではダメなんですか？」

真北も尋ねる。

「ベルベットも昔はシルクやレーヨンを多く用いていましたが、最近はコットンを使ったものも多いですし、それなら我が社でもご用意できますが……」

「『FUCAFUCA』の柔らかさと、この毛の感じを融合させたものがほしいんです。ベルベットよりも高級感と張りがあって……でも、なめらかで──」

暁は必死に説明する。感覚ほど、人に伝えりにくいものはない。

「おっしゃってることはわかりました」

しばらくして、中野はうなずいた。理解したというより、作りながら確認するしかないと判断したのだろう。

「ただ……難しいなあ……」

「無理……でしょうか？」

やや不安になった暁の問いかけに、中野は首を横に振った。

「いえ、そういう意味じゃありません。やりがいがあるという意味ですよ」

「さすがですね。それであの、ちょっと小耳に挟んだんですが――」

暁は聞きにくい質問をぶつけることにした。経営難の噂である。

しかし、意外にも真北はあっさり否定した。

「ああ、それね。余剰在庫を減らす工夫をしてるだけですよ。市場に出回る数を絞ったせいで、そんな噂が流れてるだけです。海外からの注文が増えてましてね。そちらに原材料なんかを回してる……というのもあるんですよ」

「なんだ。じゃ、噂とはまったく逆で、勢いづいてるんですね。よかった……」

「おかげさまで」

「真北さんのタオルの品質は絶対ですから。海外での販路をどんどん広げてほしいです。一ファンとしてそれを望んでます」

　ホッとする暁に、中野は良い情報を与えてくれた。

「ありがとうございます。実はあのレイチェル・ダンが『ＦＵＣＡＦＵＣＡ』シリーズを気に入ってくれましてね。彼女の店でうちのタオルを取り扱いたい、という連絡があったんですよ」

　レイチェル・ダンは近頃、ハリウッドで人気の若手女優だ。才色兼備の実力派で、日本にもファンが多い。また、和食通の親日家としても知られている。

　そのレイチェルが結婚、出産を機にオーガニックの衣料品やおもちゃのブランド「ＲＡＹ・Ｄ」を起ち上げた。自分の子どもに安全なものを……と探し、考えた末、自ら動いたのだ。日本での販売はまだだが、すでに欧米で大きな話題になっているという。オリジナル商品開発の他、気に入った製品の販売も行い、すでにかなりの売り上げを叩き出しているらしい。

「へえ……それは朗報ですね。あっちのセレブは、毛皮や動物実験に対する反対運動なんかを積極的にやってますからね。彼女の目に留まれば、ブランド名は一気に世界に知れ渡りますよ」

真北の目が輝く。

「それでしたらなおのこと、この毛皮に近い風合いのオーガニック生地の開発は、ますますやってみたいですね」

暁はうなずいた。

「トランスミュート」が「ＲＡＹ・Ｄ」の正式な代理店に名乗りを上げる、というのも手だ。早速、出社したらいろいろ調べてみよう。もしかしたら大きな商機となるかもしれない——暁の脳裏で、アイデアが一気に脳裏に膨らんでいく。

個人的な嗜好から始まった思いつきと能城の転職、夕衣の誤解——様々な要素が絡み合わなければ、ここまで必死にはならなかっただろう。何かが動く、何かが生まれるタイミングなんて、そんなものかもしれない。

だが、最終的に背中を押してくれたのは、哲狼との出会いだ。

「失礼します」

ドアが開き、中野の部下と一緒に哲狼が入ってきた。哲狼は「トランスミュート」の社員ではなく暁の友人だが、特別に許可をもらい、打ち合わせの間、工場見学をさせてもらっていたのだ。

「あれ、もう……」

暁は壁の時計に目をやった。あれこれ話し込んでいるうちに、すでに一時間以上が経過していた。

「どうだった？」

聞くまでもなかった、と暁は思った。見ればわかる。哲狼の顔は真夏の陽射しのように輝いている。心底感激したようだ。

「楽しかったです。すごくすごく面白かったです。『FUCAFUCA』やタオルがあんなふうにできるなんて……ここは魔法の国です！」

いまどき、小学生でももっと気の利いた感想が言えるぞ……暁は冷や汗をかいたが、真北や中野にはそのストレートな賛美が刺さったらしい。満面の笑みを浮かべている。

「それはよかった」

「もっと他の人にも見てもらうべきです！」

「ああ、工場見学ツアー……いいかもしれませんね、専務」

「うん、そうだな」

「専務、大上くんにイメージキャラクターになってもらうのはどうですか？　ふわふわなタオルとイケメン青年……女性の目を引きますよ！」

「それはいい！」

暁そっちのけで、ふたりは盛り上がっている。哲狼はというとお土産にもらったのであろうタオルを手に、嬉しそうにしている。

そう、哲狼にはそういう力があるのだ。人を傷つけるのではなく、人と人を結びつける力が。

「役に立っ……じゃなかった、上手くいきそうですか？」

「ばっちり」

哲狼の言葉に、暁は尻尾の毛束を手に取って振ってみせた。

11

「まだ？」

パソコンのマウスを動かす暁に覆い被さるようにして、哲狼が画面を見つめる。

「待てよ……これだ！」

白いスパンコールのドレスの上から、光沢のある深紅のケープを羽織った女優、レイチェル・ダンが画面に現れた。身体のラインに沿うように流れるケープは、艶めかしくも軽やかだ。背後には「ＣＨＡＰＥＲＯＮ」という飾り文字が大きく踊っている。

「きれいだね……」

「ああ。さすがは『世界でもっとも美しい１００人』に選ばれただけのことはある」

哲狼は暁の顔を見た。

「いや、このケープ」

暁が哲狼の尻尾を「真北繊維」に持ち込んでから二年。「トランスミュート」と試作、修正をくり返し、完成した生地を「シャペロン」と名付けた。ペローの童話『赤ずきん』の原題「Le Petit Chaper on rouge」から取ったもので、「帽子」の他に「(女性の)付添人」という意味もある。女性の身体、暮らしに優しく寄り添う……そんな願いが品質にぴったりだと暁が提案したのだ。

試作の段階から暁はコネクションを駆使し、会社はもちろん、国内外にプレゼンテーションを積極的に行った。その結果、「真北繊維」の商品のファンであるレイチェル・ダンが興味を示してくれたのだ。そこからビジネスとして一気に企画が進み、瞬く間に出資者が集まった。

そして一年後、「シャペロン」を軸とした新しい部署の責任者に抜擢された暁の元に、とんでもない幸運のチケットが届いた。完成品の品質に惚れ込んだレイチェル側から、「RAY・D」と「シャペロン」のコラボレーションの打診があったのだ。

暁自ら真北専務や中野部長と共にロサンゼルスへ飛び、何度もレイチェル本人と話し合いを重ねた。レイチェルが経営する店だけでなく、ニューヨークの有名デパートへも足を運んだ。その結果、レイチェルはデザイナーと宣伝担当者に就任した。

こうして「シャペロン」は日本国内での反響を待たず、世界デビューを果たすことになったのだ。

今、ふたりの目の前の画像は、情報公開に先駆けたヴィジュアル戦略の第一弾である。

これが一体何なのか、知っているのは関係者だけだ。

暁はレイチェル・ダンと「CHAPERON」で検索をかける。早くも「新作映画のプロモ？」「レイチェルの新ブランド？」「『CHAPERON』って何？」「レイチェルは『赤ずきん』になるの？」……などなど、話題が飛び交い始めていた。武者震いが暁の身体に走る。

「暁さん……寒いの？」

暁の身体を背後から抱き締めていた哲狼が尋ねた。

「いや……ちょっと怖いだけだ」

ここにこぎ着けるまで、夢中だった。迷う暇もなく走ってきた。だが、これはゴールではない。ここから本当の挑戦、勝負が始まるのだと思うと、責任と不安、興奮が入り混じって震えが止まらなくなる。

ライバル会社に移った能城は頭角を現し、自分のブランドを起ち上げていた。そこでも「CHAPERON」を使いたいと申し出てくれている。からかってばかりだった植田は暁に触発されてMDになり、今や暁の心強い右腕だ。

外にも中にも、味方はいる。日本だけでなく、世界にも。

わかっている。それでも――。

「大丈夫。俺がいるよ」

パソコン画面の灰色の部分に、自分と哲狼の姿が映った。

二年の間に、哲狼は変わった。体躯はそのままだが、顔つきがより精悍になった。言動も落ち着き、滅多に泣かなくなった。仕事の面でも成長し、現場に出るだけでなく、立川から管理業務も任されるようになったという。後輩の面倒も見ているらしい。それらの自信が顔や身体に漲り、青年から魅力的な大人の男に「変わった」のだ。

「何があっても、暁さんの番いの相手だから」

暁は、胴に回されている哲狼の腕を抱き締めた。

「うん」

ケンカもする。たまに感情のコントロールができなくなり、夜中に突然、変身してしまうこともある。しかし、絆《きずな》や愛情に変化はない。むしろ、より強くなっていると暁は感じていた。

「テツのおかげで、ここまで来られたんだもんな」

「俺の尻尾のおかげ、でしょ」

「それもある。でも……何があっても、テツが味方でいてくれたから……投げ出さずに済んだ。ありがとうな」

哲狼は照れくさそうに微笑み、暁の首筋にキスをした。

「……寒いって言ってよ。そしたら、俺の毛で温めてあげるって答えるから」

手が胴から下腹部へと降りていく。

「……エッチな狼さんだな」

「好きなくせに、俺の毛で気持ちよくなっちゃうのが――…」

哲狼の成長はもちろん、精神面だけではない。性的にもどんどん成熟している。つきあい始めた頃のように、あっと言う間に終わってしまう――ということはもうない。むしろ焦らされ、泣かされ、乱れさせられるのは暁の側だった。それが嬉しい半面、なんとなく淋しい。

「暁さん、冬はあまり汗かかないから、ちょっと残念。でも、繁殖活動をすれば熱くなるし……他にもいろいろ……」

デニムの前をまさぐり始めた哲狼の指に身を任せ、暁はうっとりとつぶやく。

「エッチどころじゃない、変態狼だ。俺の体液が大好物なんて……」

「仕方ないよ。飲むと元気になるから、身体が求めるだけ。みんなが飲んでるサプリメントと同じ」

相変わらず肉厚の舌で、哲狼は暁の耳の後ろを舐めながら話す。

「それに変態になるってことは、人に近づいてるってことなんだから。でも、人にならないほうがいい部分もあるよね」

「テツ、くすぐったいって……」

暁は身をくねらせた。

「噛まれるのも、爪で引っ掻かれるのも好きだし……俺の尻尾でくすぐられるのが一番感じるんだよね」

舌と指、そして言葉にいたぶられ、下着の中のモノが濡れ始めるのがわかった。

隠せない。哲狼はきっと、匂いで気づいている――そう思うとゾクゾクする。その羞恥に暁の身体は熱くなっていく。

「俺の毛と『FUCAFUCA』のダブル攻撃で、わけわかんなくなっちゃうなんて……おかしいよ、大人なのに」

「あ……」

「でも……そこが好き――」

「テツ……っ……！」

「暁さん……目、閉じて」

犬歯で暁の耳たぶを噛みながら、哲狼が甘い声で命じた。

「俺の歯も尻尾も爪も舌も……暁さんを食べるために残してあるんだから」

■あとがき■

こんにちは、もしくは初めまして、鳩村衣杏《はとむらいあん》です。

この度は『狼さんは、ふかふか？』を手に取っていただき、ありがとうございます。童話・昔話モチーフシリーズ（勝手に命名）も四冊目になりました。今回のモチーフは「赤ずきん」です。楽しんでいただけたでしょうか。

長いことボーイズラブを書かせていただき、既刊もかなりの数になりました。数えてないけど、六十は越えたかな？　まだやってないジャンルって何があったかなーと書き出したところ、リストに「もふもふ」が入りました。

「もふもふ」……動物の毛や羽の柔らかさから、そういった動物そのものや感触を表す擬態語、それに近い感触のアイテム（天然・人工問わず）、さらにはそれらを身に着けた人……という認識でいいのでしょうか？　見るだけでも「癒される」という理由で人気ですね。

個人的には「もふもふ」なペットを飼ったことがないので、単純に「かわいい」程度の感覚しかありません（茶道の先生のお宅に犬がいて、たまに肩を揉んで差し上げる）。ぬいぐるみやタオルの感触は、とても好きです。でも「もふもふ」というより「ふかふか」だな……というところから、この話は始まりました。

さて、ここで新たな疑問。ボーイズラブやアニメ、ラノベには「獣耳」というジャンルがありますす。「もふもふ」とはどう違うの？　どっちかがどっちかの一ジャンルなの？　なんで？　なんでなの？　と小学生のように担当さんを質問攻めにしてしまいました。打ち合わせの中で「それは『人外』です」という別情報も入ってきまして、さらに大混乱に。

当然といえば当然ですが、こういったカテゴライズに「絶対」はありません。拡散していく過程で変化もするし、受け取る側のさじ加減ひとつで細分化されたり、大雑把になったりもします。要は「萌えればいいんだよ！」だと思うのですが、突っ込んで話せば話すほどに担当さんもゲシュタルトが崩壊し、カオスになっていきました。でもまあ、どうにか方向性と設定が固まり、執筆に突入。

そして第一稿を送ってから、ふと気づきました。あ、せっかくの「もふもふ」なのに、ラブシーンで××をやらなかった！と。リテイクの際に付け加えたほうがいいかなと思い、「すみません、入れるのを忘れました」と謝ると担当さんは苦笑い。そして衝撃の一言……

「いえ、普通はないですよ、そういうシーンは」。

え？「もふもふ」には××プレイが必ずあるんじゃないの？　いらないの？

ここでまた衝撃の一言……「あの、もう定番の『もふもふ』『獣耳』ではなくなってます。

でも読んだことがないタイプの話になってますし、これはこれで萌えます（笑）」

今さらですが、タイトルに「？・」が入っているのはそういうわけです。嗚呼……。


お礼を少し。

挿絵の宝井《たからい》さきさん。以前、他誌でのエッセイにカットをつけていただいてから、いつか作品でお仕事をご一緒できれば……と思っておりました。願いが叶ったにもかかわらず、いろいろとゴタついてしまい、ご迷惑をおかけしました、すみません。きれいな暁《あきら》とワイルドな哲狼《てつろう》……ふたりの艶っぽさにうっとりです！　ありがとうございました。

担当編集のHさん。質問攻めにした挙句、どこまでもズレまくっていたワタシにつきあってくださったことに、いつも以上に深く感謝いたします。

そして誰よりも、読者の皆さん。いつも応援ありがとうございます。

ご意見・ご感想などありましたら、ショコラ編集部さんまでお寄せください。よろしくお願いいたします。

二〇一六年　芳春　　　　鳩村衣杏

初出
「狼さんは、ふかふか?」書き下ろし

CHOCOLAT
BUNKO

この本を読んでのご意見、ご感想をお寄せ下さい。
作者への手紙もお待ちしております。

あて先
〒171-0021東京都豊島区西池袋3-25-11
CIC IKEBUKURO BUIL 5階
(株)心交社 ショコラ編集部

狼さんは、ふかふか?

2016年2月20日 第1刷

著 者:鳩村衣杏
発行者:林 高弘
発行所:株式会社 心交社
〒171-0021 東京都豊島区西池袋3-25-11
CIC IKEBUKURO BUIL 5階
(編集)03-3980-6337 (営業)03-3959-6169
http://www.chocolat_novels.com/
印刷所:図書印刷 株式会社

小説ショコラ新人賞 原稿募集

賞金

大賞…30万
佳作…10万
奨励賞…3万
期待賞…1万
キラリ賞…5千円分図書カード

大賞受賞者は即文庫デビュー！
佳作入賞者にも即デビューのチャンスあり☆
奨励賞以上の入賞者には、担当編集がつき個別指導!!

第11回〆切
2016年4月8日(金) 消印有効
※締切を過ぎた作品は、次回に繰り越しいたします。

発表
2016年7月下旬 ショコラHP上にて

【募集作品】
オリジナルボーイズラブ作品。
同人誌掲載作品・HP発表作品でも可(規定の原稿形態にしてご送付ください)。

【応募資格】
商業誌デビューされていない方(年齢・性別は問いません)。

【応募規定】
・400字詰め原稿用紙100枚～150枚以内(手書き原稿不可)。
・書式は20字×20行のタテ書き(2～3段組みも可)にし、用紙は片面印刷でA4またはB5をご使用ください。
・原稿用紙は左肩をWクリップなどで綴じ、必ずノンブル(通し番号)をふってください。
・作品の内容が最後までわかるあらすじを800字以内で書き、本文の前で綴じてください。
・応募用紙は作品の最終ページの裏に貼付し(コピー可)、項目は必ず全て記入してください。
・1回の募集につき、1人2作品までとさせていただきます。
・希望者には簡単なコメントをお返しいたします。自分の住所・氏名を明記した封筒(長4～長3サイズ)に、82円切手を貼ったものを同封してください。
・郵送か宅配便にてご送付ください。原稿は返却いたしません。
・二重投稿(他誌に投稿し結果の出ていない作品)は固くお断りさせていただきます。結果の出ている作品につきましてはご応募可能です。
・条件を満たしていない応募原稿は選考対象外となりますのでご注意ください。
・個人情報は本人の許可なく、第三者に譲渡・提供はいたしません。
※その他、詳しい応募方法、応募用紙に関しましては弊社HPをご確認ください。

【宛先】 〒171-0021
東京都豊島区西池袋3-25-11
CIC IKEBUKURO BUIL 5F
(株)心交社 「小説ショコラ新人賞」係

CHOCOLAT BUNKO